आठवीं आँख

आठवीं आँख

वो आँख जो ख़ुद को देखे

गुरप्रीत सिंह

प्रथम संस्करण — 2026

भारत में प्रकाशित

यह एक काल्पनिक कृति है। नाम, पात्र और घटनाएँ लेखक की कल्पना की उपज हैं। किसी वास्तविक व्यक्ति या घटना से समानता संयोग मात्र है।

दादा को समर्पित —

जिन्होंने बिना बताए, बस इशारा किया।

सात आँखें बाहर लगीं — एक अंदर लगा दे।

जो देखे देखने वाले को — वो सब कुछ पा ले॥

भाग एक

बेचैनी

सब कुछ है फिर भी

लौ स्थिर नहीं हो रही थी।

रात के तीन — सिया छत पर बैठी थी, नंगे पैर, गरम फ़र्श। गरमी तलवों से ऊपर चढ़ रही थी। रीढ़ सीधी — बिना जाने कि कोई सीधी रखे हुए है। मुँडेर नीची थी — घुटने तक — उसके पार गली, गली के मोड़ से परे पीपल का काला आकार। चमेली आती रही — बिन बुलाए। धूल, सूखी घास, और वह मिठास जो रुकती ही नहीं थी। सामने दीया जल रहा था — छोटी सी लौ, हवा में हिलती हुई। जैसे वो भी कुछ ढूँढ रही हो।

नीचे गाँव सो रहा था। कहीं पीपल की जड़ में कुत्ता हिला — वही जगह, हर रात। कुएँ की घिरनी एक बार बोली, फिर चुप।
पर यह चुप्पी बस रात भर की है। सबके लिए सिया दीदी — कल सुबह चाय ठंडी होने से पहले तेरह लोग खड़े होंगे। कौन क्या कहेगा — उसे पहले से मालूम था।

कोई औरत पल्लू में कर्ज़ की पर्ची खोंसे आएगी। स्कूल से मास्टर जी चप्पल घिसटाते दस्तख़त माँगेंगे। कोई नाश्ते से पहले झगड़ा उसके दरवाज़े पर ले आएगा।

सब कुछ था।

घर में एक कमरा था, एक चारपाई, एक ताक जिस पर दीये का डिब्बा और बही-खाता रखे रहते। दीवार चूने से पुती — पुरानी, जगह-जगह उखड़ी। न पति, न बच्चा। यह उसने चुना था — या शायद इसने उसे। जो भी हो, इस घर में उसके सिवा किसी की आवाज़ नहीं आती थी, और रात को यही सबसे तेज़ आवाज़ थी।

फिर भी।

हर काम पूरा होने के बाद — जब बही बंद होती, कलम रखती, हाथ खाली होते — पेट के बीच एक छोटी खाली जगह रह जाती थी।

रात को लेटती तो वही खोल भीतर से बजता। नींद आनी बंद हो गई थी। अचानक नहीं — जैसे कोई चीज़ चुपचाप जाती है, एक रात, फिर दो, फिर पता चलता है कि हफ़्ते बीत गए।

तीसरे हफ़्ते एक रात उसने तकिए पर सिर रखा और समझ गई — आँखें बंद हैं, पर नींद कहीं पास नहीं है। सफ़ेद छत वही थी। रात वही। बस भीतर कुछ लौटकर नहीं आ रहा था।

सिया ने दीये की लौ देखी। हिल रही थी। जैसे कुछ कहना चाहती हो, पर शब्द न मिलें।

शब्द उसे भी नहीं मिल रहे थे। दिन में ठीक रहता था। काम होता था, लोग होते थे, हँसी-मज़ाक भी होता था। पर रात को — जब सब सो जाते, जब शोर थम जाता — तब कुछ उठता था। कोई सवाल। कोई खालीपन।

"तुमने सब कर लिया," मन कहता। "हिसाब बराबर है। गाँव चलता है। लोग आते हैं। अब और क्या चाहिए?"

अब कई महीने हो गए थे।

पहले कभी-कभी। अब रोज़। छत पर तीन बजे। वही तारे।

जबड़ा दुख रहा था। छुआ — भिंचा हुआ। कब से ऐसा है — पता नहीं। गर्दन भी — जकड़ी हुई, जैसे कभी खुली ही नहीं थी।

उँगलियों के नीचे जबड़ा पत्थर-सा लगा। गर्दन घुमाई तो पीछे बारीक दर्द की रेखा दौड़ी।

और नीचे — कुछ जिसका नाम नहीं था। जैसे अँधेरे में हाथ बढ़ाओ और सिर्फ़ हवा मिले।

इसी को लेकर वैद्य जी के पास गई थी। "कुछ नहीं है। आराम करो।"

आराम। सहकारी — सोमवार तक हिसाब। महिला समूह, बुधवार। स्कूल समिति — नया मास्टर। एक ख़त्म, दो और। कोई ज़िंदा चीज़ जो रात भर में लौट आती है।

हर काम ख़त्म करने के बाद — पहले से ज़्यादा खाली।

ज़्यादा काम। कम शांति। तो और ज़्यादा काम। बीच में साँस नहीं।

आशा आई थी। छोटी, चुपचाप आशा — बगल वाली गली की विधवा, जो कभी बिना हाथ जोड़े कुछ नहीं माँगती। साड़ी का पल्लू कंधे पर दो बार लिपटा — जैसे छोटी चीज़ों को भी कसकर पकड़ती हो।

"दीदी, यह फ़ॉर्म देख लो? राशन कार्ड वाले कह रहे हैं ग़लत है, पर मुझे समझ नहीं आ रहा कहाँ।"

सिया ज़मीन पर बैठी दो घंटे से बीज का हिसाब कर रही थी — बही गोद में, कलम उँगलियों में अटकी। अंक बार-बार फिसल रहे थे। बाईं आँख के पीछे वही सिरदर्द — जो अब हर दोपहर आता था।

"अभी नहीं, आशा। कल आना।"

आवाज़ सपाट निकली। न गुस्सा — बस ग़ैरहाज़िर। जैसे आशा भी बही-खाते का एक और ख़ाना हो।

आशा के हाथ धीरे-धीरे खुले। फ़ॉर्म छाती से लगा लिया।

"माफ़ करना, दीदी," बोली, और चली गई।

सिया बीजों पर लौटी। तीन मिनट बाद ग़लती मिल गई। आसान-सी। जो कभी नींद में भी पकड़ लेती।

उस शाम आशा का ख़याल नहीं आया। पेट के बीच वही खोल — वही, जो बही और सूचियों के नीचे रहता है — चुप रहा। उसे बोलने की ज़रूरत नहीं थी।

दीये की लौ हिली। एक तेज़ हवा आई, लौ लगभग बुझ गई — फिर सँभली।

सिया ने दुपट्टा खींचा — हवा के ख़िलाफ़।

हवा थमी। लौ सीधी हुई। और उस अचानक चुप में — एक सवाल उठा। बहुत पुराना। बचपन से सुना था — माँ कहती थी, दादी कहती थी। पर कभी ध्यान नहीं दिया।

"तू कौन है?"

अजीब सवाल। ज़ाहिर है — मैं सिया हूँ। गाँव की सिया दीदी। सहकारी वाली। सात आँखें सिखाने वाली।

पर रात को, जब यह सब हट जाता था — जब कोई "सिया दीदी" नहीं बुलाता, जब कोई समस्या हल करने को नहीं होती — तब?

तब कौन थी?

काम हटा दो — तो क्या बचता है?

सिया ने दीये की तरफ़ देखा।

लौ अब थोड़ी स्थिर थी। पर अंदर? अंदर वही हलचल।

"कुछ छूट गया है।"

रात और गिरी। पीपल का आकार मुँडेर के पीछे धुँधला हो गया था। दीये का तेल कम होने लगा। लौ छोटी हो रही थी।

सिया उठी नहीं। बैठी रही। देखती रही।

बुझती लौ। हिलता मन। और एक सवाल जो अब सोने नहीं देगा।

सब कुछ आया हाथ में — फिर भी खाली हाथ।

बाहर-बाहर जीत थी — भीतर दीप न साथ॥

रात की आवाज़

दीया बुझ गया था।

सिया छत से उतर कर नीचे आई। सीढ़ियाँ अँधेरे में पैरों को जानी-पहचानी थीं — चौथा, फिर मिट्टी का फ़र्श, फिर रसोई की दहलीज़।

लेटी नहीं। पंखा चल रहा था — धीमा, असमान, एक पंखुड़ी हवा को तेज़ काटती। रसोई में गई। चूल्हा जलाया। पानी चढ़ाया। हाथों को कुछ चाहिए था — शरीर व्यस्त रहेगा, तो शायद मन चुप होगा।

पानी उबला। चाय बनाई। खड़े-खड़े पी — कड़क, कड़वी, बहुत गरम।

कुछ नहीं बदला।

सहकारी का बही-खाता निकाला। हिसाब देखने लगी। एक-एक पंक्ति। मन भागना चाहता है — तो भागने की जगह दे दो।

तीन पन्ने बाद पता चला — पाँच मिनट से वही एक पंक्ति घूर रही थी।

बही बंद कर दी।

माँ कहती थीं — "नींद नहीं आती? छत पर जा, तारे गिन। सौ तक पहुँचते-पहुँचते नींद आ जाएगी।"

सिया फिर छत पर गई। गिनने लगी। पचास पर — गिनना बंद।

तारों को कोई फ़र्क़ नहीं पड़ता था। वो जलते रहे। सिया नीचे आ गई।

चारपाई पर लेटी। रस्सी की बुनावट पीठ में घुसी। छत को देखा। अँधेरा था, पर नींद नहीं थी।

बही के पास उल्टा पड़ा फ़ोन एक बार बजा, फिर चुप हो गया।

हाथ बढ़ा — तेज़ी से, पहले सोचा नहीं क्यों। स्क्रीन जली — अनजान नंबर। शहर का कोड। छाती में कुछ खिंचा, फिर छोड़ दिया।

उसने फ़ोन उल्टा कर दिया।

रात के साढ़े तीन बज रहे थे।

और आवाज़ें शुरू हो गईं।

"तूने आज बैठक में ठीक से नहीं बोला।"

सिया ने करवट बदली।

"सावित्री काकी की बात काट दी। उनको बुरा लगा होगा।"

"कल की सूची बनाई? सोमवार को बैंक जाना है। मंगलवार को समिति। बुधवार को..."

"वो रिपोर्ट अभी तक पूरी नहीं हुई। सब सोचते होंगे — सिया दीदी भी अब पहले जैसी नहीं रहीं।"

आवाज़ें एक-दूसरे पर चढ़ी हुई — हर एक को पहले सुना जाना था।

एक कान के पास। एक छाती में। एक गले में। साँस उथली हो गई थी — छोटे-छोटे घूँट जो कभी पूरे नहीं भरे।

दिन में दबी रहतीं। रात को जाग जातीं।

सिया ने आँखें बंद कीं।

आवाज़ें और तेज़ हो गईं।

"तू अकेली क्यों है? तेरी उम्र की औरतों के बच्चे हैं, पति हैं, घर-बार है। तू? तू क्या है?"

माँ कहती थी — "तू हमेशा भागती रहती है। कभी रुकती क्यों नहीं?"

सिया रुकती नहीं थी। एक काम ख़त्म — अगला शुरू। जब कोई काम नहीं होता, तो काम बना लेती। सहकारी बनाओ, समूह चलाओ, समस्या हल करो। भागो। भागते रहो।

माँ अब नहीं थीं। पाँच साल हो गए। पर उनकी आवाज़ अभी भी आती थी — रात को, जब सब सो जाते।

"तू भागती क्यों है? किससे भाग रही है?"

सिया ने तकिए पर मुँह छिपा लिया।

दो गली पार से एक बच्चे की खाँसी आई — एक बार, फिर दोबारा। गीली, भारी, जो छाती से पार नहीं जा रही थी। वो आवाज़ खिड़की से पतली और क़रीब आई, जैसे गली ख़ुद एक खोखली नली हो।

सिया का शरीर रुक गया।

फिर एक और आवाज़। धीमी। सवाल नहीं — याद।

मीरा। उसकी चचेरी बहन। तीन साल छोटी। दो बरसात पहले गाँव आई थी — पति चला गया, एक बच्च, कहीं जाना नहीं। सिया की रसोई में बैठ कर बोली थी — "दीदी, रह सकती हूँ? बस कुछ दिन।"

चारपाई की रस्सी कंधे की हड्डी में घुसी। सिया ने करवट बदली — पर याद नहीं बदली।

मीरा के पल्लू पर हल्दी का पुराना दाग़ था। बच्चा उसकी गोद में सोते-सोते भी हिल रहा था। उसके हाथ ठंडे थे।

सिया सहकारी की रिपोर्ट तैयार कर रही थी। कल सुबह तक देनी थी।

"मीरा, अभी वक्त नहीं है। रामू काका के यहाँ जा। सुबह आती हूँ।"

मीरा वहीं खड़ी रही। बच्चा अब भी गोद में।
"सुबह दूर है," उसने कहा था। "दोपहर से बुखार है इसे।"
एक हाथ बच्चे की पीठ पर वैसे ही चलता रहा — जैसे हथेली भर से ताप उतार लेगी।
दूसरे हाथ से वो पल्लू का वही भीगा कोना बार-बार मरोड़ रही थी।

मीरा चली गई। सिया ने रिपोर्ट पूरी की। एक बार लगा, गली से बच्चे की खाँसी सुनाई दी। वो उठी नहीं। सुबह मीरा जा चुकी थी। जहाँ से आई थी, वहीं लौट गई। सिया को कभी पता नहीं चला कहाँ।

दो साल हो गए। रिपोर्ट फ़ाइल हो गई। मीरा गायब।

आवाज़ फुसफुसाई: *तूने बही-खाता चुना उसके ऊपर।*

उस आवाज़ के नीचे एक और थी। पुरानी। इल्ज़ाम नहीं — बुलावा।

दादी गाँव की नहीं थीं — पहाड़ की थीं। उनसे लकड़ी के धुएँ और लौंग की महक आती थी। छोटी सिया को गोद में बिठाती थीं, कहानियाँ सुनाती थीं। और कभी-कभी अजीब बातें करती थीं।

"बेटी, बाहर सब देख लेना। पर अंदर भी देखना। जो अंदर है, वो बाहर नहीं मिलेगा।"

सिया को समझ नहीं आता था। "अंदर क्या है, दादी?"

दादी हँसती थीं। "जब देखेगी, तब पता चलेगा।"

अब दादी नहीं रहीं। पंद्रह साल। पर वो आवाज़ आती थी — रात को, जब सब चुप हो जाता।

"अंदर देख, बेटी।"

सिया उठ कर बैठ गई।

खिड़की खुली थी। बाहर चाँद था — आधा, तिरछा। गाँव सो रहा था। कहीं कुत्ता भौंका। फिर चुप।

"तू कौन है?"

सिया रुकी।

यह आवाज़ कहाँ से आई? न माँ की थी, न दादी की। किसी और की थी।

"तू कौन है?"

सवाल गले पर रखे हाथ जैसा था — जवाब नहीं आ रहा था।

"मैं सिया हूँ।"

"कौन सिया?"

"सिया। गाँव की सिया दीदी। सहकारी वाली। सात आँखें सिखाने वाली।"

"वो तो तू करती है। पर तू कौन है?"

चुप।

"सिया दीदी" हटा दो, "सहकारी वाली" हटा दो — तो कौन है?

रात और गिरी।

आवाज़ें धीमी हो गईं — सब की, सिवाय एक के।

"तू कौन है?"

हर बार सवाल लौटता, गला और सूख जाता। निगलना पड़ता — जैसे जवाब कहीं अटक कर बैठा हो।

वो फिर लेट गई। आँखें खुली। छत को देखती रही।

और सवाल गूँजता रहा।

तू कौन है?
तू कौन है?

पंखा चलता रहा। उजाला आने में देर थी।

सारा दिवस चली चक्की — कानों पड़ा न शोर।
रात रुकी तो बोल उठी — धूल भरी इक ओर॥

दादा का इशारा

सुबह हुई तो सिया उठी नहीं।

धूप कमरे में आ चुकी थी।

बाहर कुछ खटपट हुई। पड़ोसन ने आवाज़ दी — "सिया दीदी! सब ठीक?"

"हाँ, हाँ। आती हूँ।"

सिया उठी। आँखों के पीछे एक धीमा बोझ। पूरी रात की आवाज़ें अभी भी गूँज रही थीं।

तू कौन है?

नहा-धोकर बाहर आई तो देखा — आज कोई बैठक नहीं, कोई काम नहीं। मंगलवार था। मंगलवार को सहकारी बंद रहता था।

अच्छा हुआ।

सिया ने सोचा — आज क्या करूँ?

गली से हैंडपंप की तरफ़ से दो औरतों की झड़प की आवाज़ आई। इस धूप में लोहे के हत्थे से गर्मी चिपचिपाती थी; नीचे पत्थर पर गिरा पानी किनारे से सूख रहा था।

"पहले मैं आई थी।"

"तो जल्दी भर। सूरज तेरी बाल्टी का इंतज़ार नहीं करेगा।"

सिया ने एक आवाज़ में तीखापन सुना, दूसरी में शर्म। और तीन औरतों की चुप्पी — जो झगड़े के चारों तरफ़ जल्दी जम जाती है। किसी और दिन होती, तो तुरंत चली जाती। एक को शांत कराती। दूसरी को अलग ले जाती। शब्दों के नीचे बैठी चोट टटोलती।

आज आँगन में खड़ी-खड़ी उसे पता था — यह झगड़ा सुलझा भी दे, तो रात फिर आएगी। वही छत। वही सवाल।

और जवाब अपने आप आया।

दादा से मिलना है।

गली से निकली। हैंडपंप पार किया, सहकारी की दीवार के सामने से गुज़री, फिर वो पगडंडी जो खेतों के बीच से गाँव के उस छोर तक जाती थी। धूप पीठ पर थी — शर्ट के नीचे पसीना। रास्ते में एक बकरी बँधी थी — जुगाली कर रही थी, उसने सिया को देखा, देखा नहीं।

दादा गाँव के उस छोर पर रहते थे जहाँ पीपल का पेड़ था। बहुत पुराना पेड़ — कहते हैं सौ साल से ज़्याद । और दादा? दादा भी पुराने थे। कितने साल के, कोई नहीं जानत था। अस्सी? नब्बे? गाँव की सबसे बूढ़ी औरत कहती थी — "जब मैं बर्च्ची थी, तब भी़ दादा बूढ़े थे।"

दादा ज़्यादा बोलते नहीं थे। लोग आते थे, बैठते थे, चले जाते थे। कभी कुछ पूछते थे। दादा जवाब देते थे — कभी शब्दों में, कभी चुप्पी में। पीपल के तने पर किसी ने कभी कील से कुछ खोदा था — अक्षर घिस चुके थे, पर निशान बाक़ी था।

पीपल के नीचे दादा बैठे थे। आँखें बंद। साँस धीमी। कुछ सूखे पत्ते उनकी शॉल पर गिरे थे — धुएँ और नीम की गंध। जड़ के पास वही बूढ़ा भूरा कुत्ता पड़ा था, एक कान मक्खियों पर फड़कता हुआ।

सिया पास आई। चुपचाप बैठ गई।

दादा ने आँखें नहीं खोलीं।

पाँच मिनट बीते। घुटने में खुजली — खुजाया नहीं। कलाई पर एक मक्खी बैठी, उड़ी। बोलने की ज़रूरत उठी — निगल ली। दस मिनट। पीपल की छाल कमीज़ में खुरदरी थी। कुछ करने का मन हो रहा था — बोलने का, पूछने का, उठ कर जाने का।

पर वो रुकी रही।

फिर दादा ने आँखें खोलीं।

सिया की तरफ़ देखा। मुस्कुराए। कुछ बोले नहीं।

जड़ के पास चपटे पत्थर पर एक मिट्टी का कप रखा था — भूरा, बच्चे की मुट्ठी जितना। एक तरफ़ पुरानी दरार थी, जिसके किनारे चाय से काले पड़ गए थे। दादा ने उठाया, चाय पी, रख दिया। दरार ने एक पल धूप पकड़ी।

सिया ने कहा — "दादा, मुझे..."

दादा ने हाथ उठाया।

सिया रुक गई।

दादा ने पूछा — "रात को नींद आई?"

सिया चौंकी। "आपको कैसे पता?"

दादा हँसे। हल्की हँसी, आँखों में।

"आँखें बता रही हैं। और कुछ और भी।"

"क्या?"

"तू यहाँ आई — यही बता रहा है।"

सिया ने सिर झुकाया।

"दादा, मुझे कुछ समझ नहीं आ रहा।"

"क्या?"

"सब कुछ है। काम है, इज़्ज़त है, लोग हैं। पर..."

"पर?"

"पर अंदर कुछ खाली है। रात को आवाज़ें आती हैं। सवाल उठते हैं। नींद नहीं आती।"

दादा ने सुना। चुपचाप। फिर बोले —

"क्या सवाल?"

सिया ने रुक कर कहा — "तू कौन है?"

दादा मुस्कुराए। चुप्पी लंबी हुई — फिर वो उठे। धीरे-धीरे। पीपल के पास एक कोने में छोटा सा दीया रखा था — मंदिर जैसा। रोज़ शाम को कोई जलाता था।

दादा ने दीया उठाया। सिया के सामने रख दिया।

"यह देख।"

सिया ने देखा। दीया था। बुझा हुआ। साधारन मिट्टी का — किनारे पर अंगूठे का निशान अभी था। न लौ, न रोशनी। बस एक चीज़ दोनों के बीच ज़मीन पर रखी थी।

"क्या देखूँ?"

दादा ने जवाब नहीं दिया। चुप्पी और एक पल रही — इतनी कि सिया ने लगभग नज़र हटा ली।

दादा ने माचिस जलाई। खर्राट — चुप्पी में तेज़। गंधक की गंध — तीखी। लौ ने बाती पकड़ी, नीली जड़ से, फिर पीली, फिर स्थिर।

सिया आगे झुकी। चेहरे पर गर्मी — छोटी, सूखी, होंठों के पास रुकती हुई।

"अब देख।"

सिया ने देखा। लौ जल रही थी। पीली, नारंगी, हिलती हुई।

"क्या देखूँ, दादा?"

"तू इसकी रोशनी देख रही है?"

"हाँ।"

"या इसकी लौ?"

"वो भी।"

"या इसे देखने वाली को?"

सिया रुक गई। पसलियों के पीछे कुछ गिरा — दर्द नहीं, राहत नहीं। एक भार जो अपनी जगह बैठ गया।

लौ थी। रोशनी थी। और वो — जो दोनों देख रही थी। वो कौन थी?

दादा चुप हो गए।

सिया दीये को देखती रही। लौ हिल रही थी। रोशनी फैल रही थी। पर देखने वाली — देखने वाली कहाँ थी?

"दादा, मुझे समझ नहीं आया।"

दादा ने कहा — "आएगा।"

"कब?"

"जब देखेगी।"

"कैसे देखूँ?"

दादा मुस्कुराए। "बेटी, तू बाहर देखना जानती है। अब अंदर देख।"

सिया की उँगलियाँ रुकीं। दादी भी यही कहती थीं — बाहर सब देख लेना, पर अंदर भी देखना।

"कैसे?"

"वो तुझे खुद खोजना होगा। मैं बस इशारा कर सकता हूँ।"

दादा ने दीये की तरफ़ इशारा किया।

"लौ देख। रोशनी देख। फिर पूछ — देखने वाली कौन है?"

सिया उठी। धीरे-धीरे — जैसे नींद से जाग रही हो। जब वो वापस गली में उतरी — साइकिल की घंटी। एक बच्चा रो रहा था क्योंकि चप्पल की पट्टी टूट गई थी। एक छत पर कोई गीली चादर झाड़ रहा था। हैंडपंप वाली औरतें फिर से पीतल के घड़े भर रही थीं।

बेटी जग देखा बहुत — भीतर सूनी रात।
सात आँखें खोल चुकी — आठवीं सुने न बात॥

भाग दो

खोज

पहली चोट

उस दिन सुबह छोटी सी गड़बड हुई।

सहकारी की बैठक थी। टीन की छत धूप में टिक-टिक कर रही थी। कमरे में वही फ़ीकी खड़िया-और-काग़ज की बासी गंध ठहरी थी। सिया को कुछ हिसाब-किताब दिखाना था। सब तैयार था — रात को देर तक जागकर बनाया था। पर जब बैठक में खोला, तो एक पन्ना ग़ायब था।

बस एक पन्ना।

पर वही पन्ना था जिसमें पिछले महीने के कर्ज़ बंद होने का हिसाब था।

सावित्री दो गलियाँ छोड़कर आई थी। रुपयों की गठरी साड़ी के कोने में बँधी थी। उस पन्ने के बिना सिया बता ही नहीं सकती थी कि पुराना हिसाब साफ़ हुआ या आज के पैसे लिए जाएँ।

रघु पीछे टिककर बोला — "पन्ना ही नहीं है, तो पैसे का भरोसा कैसे करें?"

उसकी कमीज़ की जेब फ़ार्मेसी की पर्चियों से फूली हुई थी, नीले कार्बन की मोड़ी पर्चियाँ किनारों से सफ़ेद पड़ चुकी थीं।

दो-तीन औरतें खिसकीं। किसी ने धीमे से कहा — "चलो, कल फिर आ जाएँगे।"

कल आने का मतलब था — किसी के लिए फिर बस का किराया, किसी के लिए आधी दिहाड़ी का नुकसान।

सावित्री ने कुछ नहीं कहा। बस गाँठ एक बार खोली, फिर बाँध ली। नोट फिर कपड़े में छुप गए। पिछले हफ़्ते उसने कहा था — लड़की की फ़ीस शुक्रवार से पहले जमा करनी है।

इस हफ़्ते नहीं भरी तो सोमवार को लड़की को क्लास से लौटा दिया जाएगा।

"रुको, मैं देखती हूँ..." सिया ने थैले में हाथ डाला। नहीं था। घर पर छूट गया था।

छोटी सी बात थी। बाद में भी सुलझ सकती थी। पर सिया के अंदर कुछ भड़क गया।

बैठक के बाद वो घर आई।

दरवाज़ा बंद किया। कमरे में गई। ताक पर बही-खाता वहीं रखा था, दीये के डिब्बे के पास। दीवार पर धूप की पट्टी चढ़ आई थी। और आवाज़ शुरू हो गई।

"तू ऐसी क्यों है? इतना सरल काम — वो भी नहीं कर सकती?"

सिया ने थैला फेंका।

"हमेशा कुछ न कुछ गड़बड़। पहले भी ऐसा था। हमेशा से। तू कभी ठीक से कुछ नहीं कर पाती।"

सिया ने सिर हिलाया। आवाज़ सही कह रही थी। हमेशा सही कहती थी।

"सावित्री पैसे लेकर आई थी और तू —"

सिया रुकी।

ठहरी।

यह आवाज़... यह कैसी आवाज़ है?

हिंसक।

यह शब्द आते ही पेट के नीचे ठंड बैठ गई — जैसे पुराने घाव ने पहली बार अपना नाम खुद बताया हो।

अगर कोई और इतनी बुरी बातें कहता — तो? तो सिया उसे रोकती। कहती — "ऐसे मत बोलो।"

पर यह तो वो खुद थी। खुद को यह बोल रही थी।

रोज़।

सालों से।

वो आईने की तरफ़ गई। हाथों ने लकड़ी का फ्रेम पकड़ा। गले में कड़वाहट। कंधे कानों तक उठे हुए — जैसे किसी अनदेखी मार के इंतज़ार में हों।

उसने खुद को देखा।

वही चेहरा। वही आँखें। पर अब चाकू पकड़े हाथ भी दिख रहे थे।

थकान। सालों की भाग-दौड़। और अपने ही ऊपर चढ़ी हुई वह कठोरता, जो वह दूसरों पर भी नहीं रखती थी।

"मैं खुद से ऐसे बात करती हूँ?"

आँखों में पानी आ गया।

आईने में चेहरा हल्का धुँधला पड़ा।

"कितने साल से?"

जवाब पता था। बचपन से।

तीसरी कक्षा।

साल का रिज़ल्ट। वो पहली नहीं, दूसरी आई थी। अब भी याद था — विजेता लड़की की चोटी में लाल रिबन, अपनी सफ़ेद मोज़ों पर चढ़ी धूल, और हाथ में पसीने से नम रिपोर्ट कार्ड।

किसी ने डाँटा नहीं था। माँ ने बस कपड़े तह करते हुए कहा था — "एक काम ठीक से कर सकती है, तो आधा क्यों छोड़ती है?"

न आवाज़ ऊँची थी। न बात क्रूर।

"तू ऐसी क्यों है?" — यह माँ की आवाज़ नहीं थी। यह उसकी अपनी आवाज़ थी। जो उसने सीखी थी। जिसे उसने अपना लिया था।

शाम को सिया फिर दादा के पास गई।

दादा पीपल के नीचे बैठे थे। वही शांत चेहरा। वही गहरी आँखें।

सिया ने कहा — "दादा, आज कुछ देखा।"

"क्या?"

"मैं खुद से कैसे बात करती हूँ। कितनी कठोर हूँ। कितनी..."

वो रुकी। शब्द था पर निकल नहीं रहा था। आईने में देखना और था, किसी के सामने बोलना और — गला बंद हो गया।

दादा कुछ नहीं बोले। उनका अंगूठा कप की दरार पर घूमता रहा।

सिया ने निगला। शब्द खुरदरा निकला, मुश्किल से।

"हिंसक," उसने कहा। "यही शब्द है।"

दादा मुस्कुराए। "अच्छा है। देख लिया।"

"तो क्या करूँ?"

दादा ने कहा — "जब वो आवाज़ आए — रुकना। सुनना। पूछना — यह कौन बोल रहा है? यह सच है?"

"बस इतना?"

"इतना बहुत है। पहले तो सुनती ही नहीं थी। अब सुनेगी।"

सिया घर लौटी।

रात को फिर आवाज़ आई — हल्की सी।

"आज भी कुछ ठीक से नहीं हुआ।"

पर इस बार सिया ने रुककर सुना।

"यह कौन बोल रहा है?"

"यह सच है?"

चुप।

दूसर पर हाथ न उठा — खुद को रोज़ जलाय।
भीतर की हिंसा वही — मन मन को झुलसाय॥

बैठना सीखो

"अब क्या करूँ?"

सिया दादा के सामने बैठी थी।

"अब?"

दादा ने कहा — "बैठो।"

"मतलब?"

"बस बैठो। और कुछ नहीं।"

यह कैसी सीख है? बैठना तो आता है। रोज़ बैठती हूँ।

दादा मुस्कुराए। जैसे मन की बात पढ़ ली हो।

"जब बैठती है तो क्या होता है?'

कहने को हुई — कुछ नहीं, बस बैठती हूँ। पर सवाल ने रोक लिया। क्या होता है?

"शरीर बैठता है," उसने धीरे से कहा। "पर मन — मन भागता रहता है।"

दादा ने सिर हिलाया। "कभी चुपचाप बैठी है? बिना कुछ किए? बिना कुछ सोचे?"

सिया ने याद करने की कोशिश की।

नहीं। कभी नहीं।

उस शाम सिया पीपल के नीचे बैठी। आसमान का रंग बदल रहा था — पहले बरसाती बादल, अभी दूर। जड़ के नीचे कुत्ता जम्हाई करके फिर सो गया।

दादा ने एक दीया जलाया। सिया के सामने रख दिया।

"इसे देख। बस।"

"कितनी देर?"

"जितनी देर बैठ सके।"

सिया ने सोचा — आसान है। दीया देखना क्या मुश्किल है?

पहला मिनट ठीक गया। लौ हिल रही थी। देखती रही। हाथ टिक नहीं रहे थे — गोद, घुटने, फिर गोद। पता नहीं था कि हाथों को भी किसी जगह की ज़रूरत होती है।

दूसरे मिनट में पैर में खुजली हुई। खुजाने का मन हुआ। रुकी। खुजली बढ़ी। वहीं थी।

तीसरे मिनट में गर्दन अकड़ गई। हिलाने का मन हुआ। रुकी।

चौथे मिनट में मन भागा।

कल बैठक में क्या बोलना है? वो रिपोर्ट तैयार करनी है। और रमा की शादी का कार्ड देना है। और...

सिया ने आँखें खोलीं। दीया वहीं था। पर वो कहाँ चली गई थी?

पाँच मिनट नहीं बैठ पाई।

"दादा, यह तो बहुत कठिन है।"

"रोज़ करो। पाँच मिनट। इससे ज़्यादा नहीं। पर रोज़।"

अगले दिन घर पर। दरवाज़ा बंद। चारपाई दीवार की तरफ़ सरकाई, ताक के सामने ज़मीन पर टाट की चटाई बिछाई। दीया जलाया — सरसों के तेल की गंध गर्मी से पहले पहुँची।

तीन मिनट। कल से भी कम।

तभी दरवाज़े पर दस्तक हुई।

"दीदी?"

आशा का छोटा भाई था। आवाज़ में अभी भी बचपने की कच्ची दरार थी।

"अम्मा ने कहा, स्कूल की रसीद हो तो दे दो। मास्टरजी माँग रहे हैं।"

एक पल के लिए सिया को हँसी आई। यहाँ भी। दरवाज़ा बंद, दीया जला, फिर भी गाँव उसे ढूँढ ही लेता है।

"रुक," कहकर वो उठ गई।

रसीद वहीं बही के नीचे थी जहाँ उसने खुद रखी थी। लड़के ने हाथ से ली, नंगे पाँव दौड़ गया। पीछे धूल उठी।

जब फिर बैठी, मन केवल बेचैन नहीं था। चिढ़ा हुआ भी था।

देखा? इसी लिए बैठना बेकार है। कुछ न कुछ रहेगा ही।

गाँव उसी के पास आता था क्योंकि उसे हर काम का रास्ता मालूम होता था। अब बंद कमरे में, एक दीये के सामने, दादा की कही सबसे छोटी बात भी निभ नहीं रही थी।

हफ़्ता बीता।

चौथे दिन दोपहर। कमरे में गर्मी — टीन की छत टिक-टिक, दीये पर मक्खी मंडराती। सिया बैठी। लौ पर आँखें।

एक मिनट। दो। मक्खी बाज़ू पर बैठी। हिली नहीं।

तीन मिनट। मन बोला: *आशा की स्कूल की फ़ीस बाक़ी है।* वापस आई। लौ। *कुएँ की बैठक बुधवार को है।* वापस। लौ। *वो मक्खी अभी—* वापस।

चार मिनट। घुटना दुख रहा था। घुटना ही दुनिया हो गया।

पीठ पर पसीने की पतली रेखा बहती रही। टाट की चटाई की बुनावट टखनों पर छप गई थी।

आँखें खुलीं। चार मिनट।

कल जैसा। और परसों।

दिन पर दिन वही क्रम बना रहा — तीन मिनट, चार, कभी पाँच। मन भागता; वह लौटती। कभी साइकिल की घंटी, कभी गली से पुकार, कभी रसोई में उबलते दूध की गंध। दुनिया खींचती, वह लौट आती।

लौ पर।

कुछ दिन ऐसे भी आए जब कुछ नहीं हुआ। न शांति, न समझ, न बदलाव। बस बैठना। शरीर की शिकायत और मन की घूम। उसे लगने लगा कि दादा शायद ग़लत थे।

एक दिन शाम को पीपल के नीचे बैठी थी।

दीया सामने था। आँखें बंद। लौ की छवि मन में।

कोई गुज़रा।

"अरे, यह क्या कर रही है?"

कमला थी — गाँव की वो औरत जो ताने मारती थी।

"देखो, सिया दीदी पागल हो गई। पेड़ के नीचे बैठी है। आँखें बंद। भूत-वूत लगा है क्या?"

हँसी। और हँसी। कोई और बोला — "शायद करोड़ तक गिन रही है। गिनने दो!"

सिया ने आँखें नहीं खोलीं।

अंदर कुछ हिला — गुस्सा, शर्म, कुछ कहने का मन।
एक झटके में उसे अगले दिन की सुबह दिखी — वही चेहरे, वही काम, और उनके पीछे यह हँसी।

पर वो बैठी रही।

कमला चली गई।

पर सिया ने कुछ देखा — जो पहले नहीं देखा था।

कमला की चाल तेज़ थी। पर थोड़ी झुकी हुई — जैसे देह को भार की आदत पड़ गई हो। भीगे कपड़ों की गठरी कूल्हे से अटकी थी, पानी पिंडली तक टपक रहा था।

हँसी के बाद भी उसकी साँस बराबर नहीं हुई थी। पल्लू बार-बार कंधे पर चढ़ाकर फिर फिसल जाता।

सिया को याद आया — कमला के पति दो साल पहले गुज़र गए थे। बेटा शराब में डूबा। तीन बच्चे। एक छत.

सिया ने आँखें खोलीं। दीया वहीं था। लौ स्थिर थी।

सिया घर लौटी।

चारपाई पर बैठी। मन ने कहा — *कुछ बोला क्यों नहीं? सबके सामने हँसी उड़ रही थी।*

पर कुछ और भी था — धीमा, बिना शब्दों का। कुछ बोला नहीं।

उस रात दादा के पास नहीं गई।

अगली सुबह फिर बैठी।

दोपहर होते-होते दरवाज़े पर हिचकिचाती दस्तक हुई।

कमला की बेटी खड़ी थी — पिछली शाम का तेल अब भी बालों में चमक रहा था, एक चप्पल हाथ में।

"दीदी... माँ ने भेजा है। बुखार की गोली है? भैया उल्टी कर रहा है।"

सिया तुरंत उठी। टीन के डिब्बे से दवा निकाली।

"एक अभी देना। एक रात में। बुखार बढ़े तो बुलाना।"

लड़की ने सिर हिलाया, फिर रुकी रही।

"माँ ने कहा... कल वाली बात का बुरा मत मानना।"

वो दौड़ गई, सिया जवाब दे पाती उससे पहले।

सिया दरवाज़े पर खड़ी रही। गोली की पट्टी अब भी उसकी हथेली की गरमी पकड़े थी।

शाम तक कमला फिर हैंडपंप पर थी — आवाज़ तेज़, दो औरतों के साथ हँसी वही पुरानी, जैसे कुछ हुआ ही नहीं।

दौड़ दौड़ कर थक गई — पैरों में बस छाल।
पेड़ तले जब बैठ गई — जड़ ने दी संभाल॥

साँस का पुल

दो हफ़्ते हो गए थे। दीया हर शाम, ज़मीन हर सुबह। बरसात आ गई थी — अचानक, ज़ोरदार, हर बौछार के बाद गाँव भाप उठाता।

सिया रोज़ बैठती थी। अब बैठना इतना कठिन नहीं लगता था।

कभी-कभी दो साँसों के बीच एक छोटा-सा ठहराव खुलता था, फिर बंद हो जाता था।

पर मन अभी भी भागता था। कन भागता था — पर भागता था।

मन भागता है — तो थका दो।

ज़्यादा देर बैठने की कोशिश की। एक घंटा। दो घंटे। मन को लौ पर रोको।

पहला घंटा ठीक गया। बीस मिनट पर टाँगें सुन्न हुई — हिली, सँभाला, अनदेखा किया। लौ डोली। देखती रही। ख़याल आए — धकेले। और ख़याल। फिर धकेले।

दूसरे घंटे तक धकेलना लड़ाई बन गया था। हर ख़याल जो हटाती, ज़ोर से लौटता। *सहकारी का हिसाब। वो बात जो कमला ने पिछले हफ़्ते कही। अगर इस गर्मी कुआँ सूख गया तो।* लौ कहीं खो गई थी — वो अपने ही मन से कुश्ती लड़ रही थी।

हर धक्का छाती में गिरता।

कंधे ऊपर चढ़ गए। जबड़ा भिंच गया। जब तक ध्यान गया — पूरा चेहरा कुछ पकड़े हुए था। क्या — पता नहीं।

जब आँखें खोलीं — दीया बुझने को था। गुस्सा था — और बैठने से पहले से ज़्यादा बेचैन।

दूसरा तरीका आज़माया। साँस रोकी। शरीर से मन जुड़ा है — शरीर रोको, मन रुकेगा। रोकी — दस गिनती, बीस, तीस — चेहरा लाल, छाती जली — हाँफ कर छोड़ी।

मन वैसा ही रहा।

तीसरा तरीका। तेज़ चलना — गाँव के चक्कर, दो, तीन — जब तक टाँगें न दुखें और पसीना न बहे। तुरंत बैठी। शरीर थक गया। मन? चैन से जागा हुआ।

तीन कोशिशें। तीन हार। हर एक तर्कसंगत। हर एक ग़लत।

गुस्सा सिर्फ़ हार पर नहीं था, अपमान पर था। जहाँ कोई देख भी नहीं रहा था, वहाँ भी वह जीतना चाहती थी।

शाम को पीपल के पास गई।

जगह ख़ाली थी।

पत्थर पर सूखे पत्ते बिछे थे। शॉल नहीं। कुत्ता जड़ के पास पड़ा था — कान तक नहीं हिला। जैसे जानता हो कि आज कोई नहीं आएगा।

सिया बैठी। दस मिनट। बीस। ख़ामोशी में गाँव की आवाज़ गूँजती रही — किसी की पुकार, कुएँ की घिर्री, पीतल का बर्तन। दादा नहीं आए।

वो घर लौटी।

कमरे में अँधेरा था। दीया जलाया — आदत से, इच्छा से नहीं। बैठी।

लड़ाई जारी रखने का मन नहीं था। न मन को रोकने का, न थकाने का।

बस बैठी।

और तभी — साँस पर ध्यान गया। अपने आप। बुलाया नहीं था।

नाक से भीतर आती हवा — ठंडी। बाहर जाती — गरम।

अंदर... बाहर...

अंदर... बाहर...

मन ने कहा — *कल क्या करना है?* वापस। साँस। *वो काम बाकी है।* वापस। साँस।

साँस धीमी होते ही मन भी धीमा हो गया।

एक शाम। दीया सामने। साँस चल रही थी।

और तभी कुछ हुआ।

साँस धीमी होती गई। मन शांत होता गया। और एक पल आया — जब साँस और मन एक हो गए।

लौ थिर। साँस स्थिर।

एक पल।

फिर टूट गया। साँस तेज़ हुई। लौ हिली।

अगली सुबह वो पीपल गई।

दादा वहीं बैठे थे। जैसे कहीं गए ही न हों।

सिया ने कुछ नहीं कहा। बैठ गई। दादा ने उसका चेहरा देखा — देर तक।

फिर बोले — "तू कहाँ चली गई थी?"

सिया ने देखा — सवाल उसी से लौट आया।

"आप कहाँ गए थे?"

दादा ने जवाब नहीं दिया। बस मुस्कुराए।

सिया ने दादा को देखा। उनकी आँखें कहीं और थीं।

"दादा — क्या आप वहाँ गए हैं?"

दादा रुके। उम्मीद से लंबी देर तक।

"एक बार। बहुत पहले। तुझसे छोटा था। एक नदी के किनारे बैठा था — यहाँ नहीं, दूसरा गाँव, दूसरी ज़िंदगी।" अंगूठे पर उन्होंने गाँठ घुमाई। "मैंने छू लिया। और फिर खो दिया। सालों तक। लगा था लौटेगा नहीं।"

"पर लौटा?"

"कुछ चीज़ें वापस नहीं मिलतीं। कुछ और मिलता है। इतना काफ़ी।"

दादा ने आँखें बंद कर लीं। बात ख़त्म।

सिया घर लौटी।

रात को दीया जलाया। बैठी। साँस देखी।

वो पल फिर नहीं आया। कोई बात नहीं।

एक साँस बाहर गई। ठहरी। अगली साँस के साथ लौटी।

साँस गई तो पार गई — साँस आई तो लौट
आने-जाने के बीच — भीतर खुलता घाट॥

दरवाज़े बंद

एक महीना हो गया था। आधा घंटा हर सुबह। बरसात टीन की छतों पर बजती, गली में मेंढक बोलते, पीपल टपकता।

सिया अब रोज़ बैठती थी। आधा घंटा। साँस देखती थी। कभी-कभी वो पल आता था — जब सब स्थिर हो जाता। ज़्यादातर नहीं आता था। कोई बात नहीं। बैठना जारी था।

"दादा, जब बैठती हूँ — बाहर से आवाज़ें आती हैं। ध्यान टूट जाता है।"

"दरवाज़े बंद करो।"

"कैसे?"

"कल," दादा ने कहा। "एक दिन मौन रखो। बोलना नहीं। देखो क्या होता है।"

"पर क्यों?"

"कर के देखो। फिर बताना।"

अगले दिन सिया ने मौन व्रत लिया।

सुबह उठी। पहला शब्द होंठों तक आया — याद आने से पहले ही रुका। गले में अटका — जैसे कुछ गलत निगला हो।

पड़ोसन बाड़ पर आई। "दीदी, चाय?" सिया ने हथेली उठाई — हाँ। पड़ोसन रुकी। सिया ने दाँतों के पीछे वाक्य बनते महसूस किए। मुस्कुरा दी। पड़ोसन ने सिर झुकाया, चाय डाली, चली गई।

पहला घंटा अजीब लगा। शब्द उठते — जवाब, सुधार, अभिवादन — और मुँह के किनारे मर जाते। हर एक छोटी मौत।

जीभ बार-बार तालू से चिपक जाती। दाँतों के पीछे पूरा वाक्य बनता, फिर टूट जाता।

पर वो रुकी रही।

चुप्पी में एक याद तैरी — वो फ़ोन कॉल, हफ़्तों पहले। रात के तीन। शहर का अनजान नंबर। उठाया नहीं था। उसके बारे में सोचा भी नहीं। अब, ख़ामोशी में, वो लौटी। नंबर नहीं — बात ये कि किसी ने उस वक़्त बुलाया था और मिला सिर्फ़ सन्नाटा।

दोपहर चढ़ने से पहले पड़ोसन खाली गिलास लौटाने आई।

"तुम मुझसे नाराज़ हो क्या?"

सिया ने सिर हिलाया — नहीं।

"फिर ऐसे क्यों देख रही हो?"

सिया मुस्कुराना चाहती थी। पर बिना शब्दों के मुस्कान अधूरी लगी — जैसे शक पैदा कर दे।

गालों में हल्का दर्द उठा। बोलना बस होंठ भर दूर था। उसने साँस लेकर उसे वहीं रोक दिया।

पड़ोसन एक पल और खड़ी रही। फिर अनिश्चित-सी लौट गई।

दोपहर को बाज़ार जाना था। गली में बारिश के बाद की गंध थी — गोबर, भीगी मिट्टी, धुली हवा। बिना शब्दों के, गंध तेज़ हो गई थी। कीचड़, आसमान, चप्पलों की चप-चप — सब पीछे। नाक आगे थी।

टमाटर दिखने से पहले सूँघे। धनिया के गुच्छे — तीखी, हरी। मिर्च — बिना तोड़े भी हल्की गरमी।

"दीदी, आज चुप क्यों?"

सिया ने हाथ से इशारा किया — बस ऐसे ही।

"अरे, बोलो तो! क्या हुआ?"

चुप।

वो असहज हो गया। हाथ कुर्ते पर पोंछे। "ठीक है, ठीक है।"

सब्ज़ी तौली — बैगन, भिंडी, मुट्ठी भर हरी मिर्च। सिया ने थैला लिया। हाथ में भार। पैसे दिए। कीचड़ भरी चप्पलों से लौटी।

बारिश-धुली गली से लौटते हुए कमला का घर पड़ा। दरवाज़ा खुला था। अंदर कमला फ़र्श पर बैठी रितु के बाल में तेल लगा रही थी। लड़की का सिर झुका, आँखें अधखुली। कमला के हाथ धीमे थे, ध्यान से — वो हाथ नहीं जो ताने मारते हैं। दीवार के पास रितु की तख्ती पड़ी थी, किनारे पर अभी भी खड़िया लगी। बीच में स्टील का गिलास, दूध भरा, अनछुआ। दोनों चुप।

सिया आगे बढ़ गई।

शाम को कमला फिर मिली।

"अरे सिया दीदी! सुना, अब मौन भी रखती हो? पहले पेड़ के नीचे बैठना, अब चुप रहना। क्या हो गया? कोई साधु-वाधु बना दिया?"

सिया ने देखा। कुछ नहीं बोली।

"बोलो तो! क्या, बोल्ने में शर्म आती है? सब जानते हैं — तुम पागल हो गई हो।"

अंदर कुछ हिला।

पुराना गुस्सा। कमला पर। खुद पर। दुनिया पर।

जवाब दे दूँ? एक बात बोल दूँ? चुप करा दूँ इसे?

सिया ने साँस ली।

अंदर... बाहर...

हाथ थैले की पकड़ पर टिके रहे। नाख़ून कपड़े में हल्का धँसे, फिर ढीले पड़े।

कमला और बोलती रही। सिया खड़ी रही। चुप। स्थिर।

पीछे से एक बच्चे की आवाज़ आई — "माँ, सिया दीदी सच में पागल हो गई क्या?"

कमला आधी मुड़ी। "अंदर जा।"

एक पल को शर्म गुस्से से भी ज़्यादा गर्म उठी।

फिर वही साँस।

फिर कमला थक गई। "चलो, तुम्हारी मर्ज़ी।" चली गई।

सिया ने साँस छोड़ी।

रात को दादा से मिली।

उसने कुछ नहीं बताया। बैठ गई।

दादा ने उसका चेहरा देर तक देखा।

फिर — "अब अंदर जाने का समय है।"

सिया घर लौटी। दीया जलाया। बैठी।

व्रत खत्म था। बोल सकती थी अब।

बोली नहीं।

अनुशासन से नहीं। चुप्पी बदल गई थी। दिन भर चुप मुट्ठी थी — अपने मुँह पर। अब चुप उसे पकड़े थी। कमरा शांत था। गली शांत थी। और कहीं ख़ामोशी के पीछे, कुछ सुन रहा था।

देर तक बैठी रही।

पँचों दरवाज़े खुले — आया सब संसार।
बंद किए जब द्वार सब — भीतर खुला भंडार॥

भाग तीन

साक्षी

एक जगह

बरसात थम गई थी। खेतों में पानी सूख रहा था, डंठल सुनहरे हो रहे थे। हवा में धूल लौट आई थी, पर पहले वाली गर्मी नहीं थी।

दादा ने कहा — "अब तक तूने क्या-क्या सँभाला है?"

सिया ने सोचा। "शरीर। साँस। इंद्रियाँ।"

"और मन?"

सिया ने सोचा — मन तो पहले से देख रही थी।

"तू मन को छू रही थी," दादा ने कहा। "अब एक जगह रखना है।"

"दीये की लौ देख। बस लौ। और कुछ नहीं।"

पहले दस साँस ठीक। फिर: *कल क्या बनाना है?* गायब। वापस। पाँच साँस। *माँ ने जो कहा था...* फिर गायब। तीन साँस। *पैर में दर्द।* फिर।

सिया ने आँखें खोलीं।

"दादा, असंभव है। मन एक जगह नहीं रहता।"

"भागना मन का काम है। लाना तुम्हारा।"

"पर कितनी बार लाऊँ?"

"जितनी बार भागे।"

"तो कभी नहीं होगा?"

"जब तू पूछना बंद करेगी।"

हफ़्ते गुज़रे।

सिया रोज़ बैठती। दीये की लौ देखती। मन भागता। वापस लाती।

कभी दो साँस बाद फिसलता। कभी दस बाद। फिर भी फिसलता।

वापस। फिर उड़ता। वापस। जैसे बार-बार छूटती पतंग की डोर पकड़ रही हो।

एक शाम बीस मिनट बैठी रही। बाहर कुत्ता भौंका। मन कूदा — कुत्ते की तरफ़ नहीं, पिछले मंगलवार की सहकारी बैठक की तरफ़। वहाँ से माँ के चेहरे की तरफ़। वहाँ से कहीं नहीं — पानी उँगलियों से बहता हुआ। जब लौटी, लौ वहीं थी। वो नहीं।

वापस लाई। फिर भागा। फिर वापस।

"दादा, कुछ नहीं बदल रहा।"

दादा ने पूछा — "तू बैठ रही है?"

"हाँ।"

"तू लौट रही है?"

"हाँ।"

"तो हो रहा है।"

एक शाम, कुछ बदला।

सिया बैठी थी। लौ देख रही थी। म्न भटका — वापस लाई। फिर भटका — फिर लाई।

वो लौ देख रही थी। मन भटकने लगा — पर पूरा नहीं गया। जैसे आधे रास्ते से लौट आया।

सिया ने गौर किया।

फिर — लौ। मन हिला — पर रुक गया।

जैसे कुत्ता जो भागता था — अब चैन से बैठ गया।

लौ। बस लौ।

आँख खुली।

घंटा बीत गया था।

सिया ने देखा — दीया अभी भी जल रहा था। बाहर अँधेरा हो गया था।

एक घंटा?

समय कहाँ गया?

घुटने सुन्न थे, पर दर्द नहीं था। कमरे की हवा ठंडी हो गई थी और उसे अभी पता चला।

अगले दिन दादा से मिली।

"कल कुछ हुआ।"

"क्या?"

"मन रुक गया। थोड़ी देर के लिए।"

दादा ने सिर हिलाया।

सिया ने पूछा — "अब आगे?"

दादा ने कहा — "जल्दी मत कर। यहीं रह। जब तक यह पक्का न हो।"

कुँए के पास नीम के आख़िरी पत्ते गिर चुके थे। हैंडपंप का पानी अब गर्म नहीं, ठंडा आता था। कुत्ता पीपल के नीचे से हटकर सहकारी की दीवार की धूप में आ गया था। सुबह बिना शॉल के नहीं निकलती थी अब।

एक सुबह हैंडपंप पर सिया ने एक औरत देखी जो पहले नहीं दिखी थी। शहरी कपड़े — कुर्ता बहुत साफ़, दुपट्टा बहुत सलीक़े से तहा हुआ। लाइन से थोड़ा हटकर खड़ी थी, जैसे लाइन ही उसे छू लेगी। फ़ोन की स्क्रीन कोने से कोने तक फटी थी। दोनों हाथों से पकड़ी थी — जैसे टूटी चीज़ पकड़ते हैं।

लाइन में किसी ने फुसफुसाया — 'सुनीता की कोई रिश्तेदार। शहर से। बताती नहीं क्या हुआ।"

उस औरत ने सिर उठाया। एक पल सिया से नज़र मिली — फिर गिर गई।

सिया ने बाल्टी भरी और आगे बढ़ गई।

बैठना अब चल रहा था। बीस मिनट। चालीस। कभी एक घंटा। लौ ठहरती और मन पीछे आता। सहकारी की बैठकों में उसने गौर किया — वो सबसे देर तक ध्यान रख सकती थी। दादा की हल्की गर्दन दिखती थी जब सुबह पहुँचती — पहचान। उसने खुद को पहचानते हुए पहचाना।

दीया भी एक और चीज़ बन गया जिसमें वो अच्छी थी।

सहकारी की बैठक में किसी ने सिया पर आरोप लगाया — हिसाब में गड़बड़ी। सबके सामने।

"ये झूठ है!" वो खड़ी थी। "मैंने रात-रात जागकर हिसाब रखा है! तुम लोगों ने कुछ नहीं किया — और मुझ पर आरोप!"

आवाज़ तेज़ थी। उँगली उठी। आँखों में पानी भर आया।

सभा चुप हो गई।

घर लौटकर सिया टूट गई।

दीया जलाने का मन नहीं हुआ। ज़मीन पर बैठी रही।

"ये मैंने क्या किया?"

हफ़्तों की साधना — और एक पल में सब बह गया।

वो आवाज़ अभी भी गूँज रही थी — अपनी ही आवाज़। वही कठोरता जो वो दूसरों पर देखती थी — आज ख़ुद पर देख ली।

"यही तो नहीं होना चाहिए था..."

एक गरम झटके में उसका मन हुआ दीया कपड़े में लपेटकर ताक के पीछे फेंक दे, और पीपल के पास ज ना बंद कर दे। अगर हफ़्तों की साधना उसे इतना कच्चा, इतना अभिमानी, इतना चोट खा सकने वाला ही छोड़ती है, तो इसका अर्थ क्या था?

अगले दिन दादा से मिली।

"दादा, मैंने गड़बड़ कर दी।"

दादा ने सुना। कुछ नहीं बोले।

"मैं साधना कर रही थी — पर एक पल में..."

दादा देर तक चुप रहे।

फिर बोले — "मैंने कहा था — जल्दी मत कर। रुक। मुझे लगा — बुनियाद मज़बूत हो तो इमारत नहीं गिरती।" रुके। "मैं ग़लत था।"

सिया ने वो शब्द कभी उनके मुँह से नहीं सुना था।

"साधना जितनी गहरी होती है — अहंकार उतनी तेज़ी से उसे अपना बना लेता है। मुझे तुझे चेताना चाहिए था। नहीं किया।"

उनके अंगूठे ने कप की दरार पर चक्कर लगाया। वही दरार, अब और मुलायम।

"यह तुझे ख़ुद ठीक करना होगा।"

उसने नहीं बताया कैसे।

सिया दो दिन उसके साथ बैठी रही।

अगली बैठक में सिया जल्दी गई। पीछे बैठी, आगे नहीं। हाथ गोद में थे। उँगलियों में नब्ज़ महसूस हो रही थी।

लोग आए। कुछ ने देखा। कुछ ने नहीं। जिस आदमी ने आरोप लगाया था — वो सामने बैठा, बाँहें बाँधे, दीवार की तरफ़ देखता।

बैठक शुरू हुई। एजेंडा। नंबर। रिपोर्ट।

फिर एक ठहराव आया।

सिया खड़ी हुई।

गला सूखा था। छाती खुली हुई लग रही थी, जैसे ठंडी हवा सीधे अंदर जा रही हो।

कमरे ने देखा।

आवाज़ आई — उम्मीद से धीमी। लगभग फुसफुसाहट।

"कल मैं गलत थी।"

चुप्पी। सहमति की नहीं — इंतज़ार की।

"आरोप सही था या नहीं — पर मेरी आवाज़ गलत थी। माफ़ी चाहती हूँ।"

गला भर आया। नज़र ज़मीन पर। पीछे कहीं कुर्सी चरमराई।

कोई नहीं बोला।

फिर — दूध समिति वाली औरत ने सिर हिलाया। बस एक बार। इतना काफ़ी था।

फिर एक और सिर। फिर एक और।

जिस आदमी ने आरोप लगाया — बाँहें खोलीं। सिर नहीं हिलाया — पर नज़र नहीं चुराई।

सिया बैठ गई। हाथ काँप रहे थे। चेहरा गरम। पर अंदर — कुछ पुराना, तना हुआ — खुल गया था।

दिन बीते। हर शाम बैठती रही। लौ। लौटना। कुछ ख़ास नहीं।

सहकारी के बाहर नीम के आख़िरी फूल गिर चुके थे। किसी ने दीवार के पास समेट दिया था, और वे वहीं सूख रहे थे — धीरे-धीरे मिट्टी बनते हुए।

एक रात, फिर वही हुआ। लौ। स्थिर मन। समय गायब।

पर इस बार — कुछ और हुआ।

लौ देख रही थी।

और एक सवाल उठा —

लौ तो दिख रही है।

पर जो देख रहा है — वो कौन है?

सवाल आया — और रह गया।

पतंग भटकती हर हवा — डोर बुलावे ज़ोर।
लौटा लौटा जो न थके — मन बैठे एक ठौर॥

बहना

धारणा पक्की हो गई थी।

अब मन एक जगह आ जाता। पर कोशिश थी — सिया महसूस कर रही थी।

"कोशिश छोड़ दे," दादा ने कहा।

सिया ने सोचा — यह तो उलटा है। पहले कहा था — लौटाओ। अब कह रहे हो — छोड़ दो?

अगली शाम।

सिया बैठी। दीया जलाया। लौ देखी।

मन टिका। पर वो "टिका रही थी।"

छोड़ दो।

उसने सोचा — क्या छोड़ूँ?

कोशिश छोड़ दो।

उसने कोशिश छोड़ने की कोशिश की।

कुछ नहीं हुआ।

हँसी आई। कोशिश छोड़ने की भी कोशिश थी।

रातें लंबी होने लगीं। कुत्ता अब पीपल के नीचे नहीं बैठता — बहुत ठंड। कमला की बेटी ने दो नंबर बड़ा स्वेटर पहनना शुरू कर दिया था, एक बाँह हमेशा नाक पोंछते-पोंछते गीली रहती।

हर शाम, वही। बैठो। लौ देखो। छोड़ने की कोशिश करो। नाकाम।

निराशा के दाँत निकल आए।

सिया को समझ नहीं आ रहा था। बैठना सीखा था, साँस देखी थी, मन को बार-बार लौटाया था। हर पड़ाव ने करने को कुछ दिया था। और अब — "छोड़ दो"? कोशिश कैसे बंद करे — कोशिश करके?

इससे भी बुरा — एक चीज़ दिखने लगी थी। गाँव में चलते हुए, छोटी-छोटी लड़ाइयाँ, कमला के ताने, सहकारी की चोरी देखते हुए — एक ख़याल बनने लगा था: *मैं इनसे आगे निकल चुकी हूँ। ये अभी सो रहे हैं।*

मैं इनसे बेहतर हूँ क्योंकि मैं दीये के सामने बैठती हूँ।

यह ख़याल मितली लाता था। पर आता रहता था।

उसी हफ़्ते कमला — वही जो पीपल के नीचे उसका मज़ाक उड़ाती थी — बारिश वाली शाम सिया के चूल्हे के बुझ जाने पर गरम दाल की पीतल की कटोरी भिजवा गई। बेटी के हाथ से भिजवाई, खुद नज़र उठाकर नहीं देखा।

पहले नंबर पर रहने की पुरानी भूख बस कपड़े बदलकर लौटी थी।

एक शाम उसने दीया फूँक कर बुझा दिया। उठी। कमरे में टहलने लगी।

"बकवास है। कोशिश छोड़ दो — यह कैसी शिक्षा है? बाक़ी सबमें तरीका था। इसमें — कुछ नहीं।"

अगले दिन दादा के पास नहीं गई। न उसके अगले दिन।
दादा की आँखों में जाना नहीं चाहती थी। वे तुरंत देख लेते कि वह महत्त्वाकांक्षा को ही भक्ति समझ बैठी है।

तीसरे दिन — फिर बैठी। इसलिए नहीं कि मन था। इसलिए कि दीये के बिना बेचैनी और तेज़ थी। दीये के साथ की बेचैनी कम से कम जानी-पहचानी थी।

दीया जलाया। बैठी। मन भटका। वापस लाई। फिर भटका। फिर लाई।

कोई जादू नहीं। कोई सफलता नहीं। बस — करती रही।

एक हफ़्ता ऐसा। सपाट। यांत्रिक। बेरस।

जैसे कोई हाथ बिना मन के चक्की घुमा रहा हो।

फिर एक शाम, बैठने से पहले, माचिस उठाने गई। ताक पर रखी थी — बगल में एक तहा हुआ शॉल। दादा का शॉल। महीनों पहले छोड़ गए थे, एक शाम की बात के बाद। लौटाना भूलती रही।

उठाया। खोला। लकड़ी का धुआँ और नीम उठे। दादा की गंध।
ऊन उँगलियों में थोड़ी खुरदरी लगी। किनारे पर पुराना धागा निकला हुआ था।
उसने शॉल चेहरे पर दबाया जैसे कपड़ा कुछ थाम सकता हो।

और अचानक — बिना किसी चेतावनी के — दुख।

वो हमेशा नहीं रहेंगे।

यह ख़याल मुट्ठी की तरह लगा। आँखें जलीं। शॉल को चेहरे से दबा लिया।

एक दिन मैं यहाँ बैठूँगी और वो पीपल के नीचे नहीं होंगे। एक दिन कोई इशारा करने वाला नहीं होगा।

लड़ी नहीं। "देखने" की कोशिश नहीं की। बस — शॉल पकड़े रही। और रोई।

रोना गुज़रा। जल्दी नहीं — अपना वक़्त लिया, जैसे बारिश जो जानती है कब रुकना है।

कमरा सुन्न था। कपड़े में अभी वहीं गर्मी जहाँ चेहरा दबा था।

शॉल तहा दिया। दीया जलाया। बैठी।

बस बैठ गई। लौ जल रही थी। वो देख रही थी। पर कुछ "कर" नहीं रही थी।

और तभी —

कुछ हुआ।

लौ थी। वो थी। पर बीच में कुछ नहीं था।

शरीर का भार पीछे छूट गया। समय की रस्सी ढीली पड़ी।

समय गायब हो गया।

जब आँख खुली — दीया बुझ चुका था। बाती का अंत। तेल ख़त्म।

कितना समय बीता? पता नहीं।

बाहर — अँधेरा था। चाँद ऊपर आ गया था।

शरीर था — पर दूर।

मन था — पर अब कुछ माँग नहीं रहा था।

देखना अपने आप हो रहा था।

अगले दिन, गाँव से खबर आई।

रामू काका बहुत बीमार हैं। तीन बेटे — बड़ा दिन भर खेत में, मंझला शहर में नौकरी करता, छोटा घर में रहता पर बाक़ी दोनों से बमुश्किल बात करता। तीनों कहते — देखभाल दूसरा करे। कोई नहीं आया।

सिया ने सुना।

उसने साँस ली।

"मैं जाऊँगी।"

वो गई।

काका का कमरा अँधेरा था। पर्दा खिंचा हुआ — मोटा, पुराना कपड़ा जिसमें सरसों के तेल और सालों की गंध बसी थी। अंदर हवा भारी थी। पसीना, हल्दी का लेप, नीम के काढ़े की तीखी-मीठी गंध जो किसी ने उबाल कर ज़मीन पर रख छोड़ा था।

काका दीवार के पास चारपाई पर लेटे थे। कम्बल के नीचे छोटे। चेहरा — हफ़्तों से नहीं देखा था। गाल धँस गए थे। दाढ़ी सफ़ेद और बिखरी, बिना किसी दिशा के बढ़ी हुई।

"काका।"

आँखें खुलीं। धीरे। भीगी।

"सिया बेटी।"

वो चारपाई के पास बैठी। कलाई पकड़ी — पतली, नब्ज़ चमड़ी के नीचे दिखती हुई।

"खाना खाया?"

सिर हिला दिया — नहीं।

रसोई में गई। सुबह का चावल पड़ा था — ठंडा, बरतन से चिपका हुआ। स्टील की कटोरी में दाल, ऊपर झिल्ली जमी। दोनों चूल्हे पर गरम किए। एक नींबू मिला। काटा। नींबू की गंध — तेज़, जीवित — कमरे की बासी हवा को चीर गई।

काका के पास ले गई। बिठाया — एक हाथ पीठ पर, दूसरे में थाली। धीरे-धीरे खाया। जल्दी नहीं कराई। एक दाना कम्बल पर गिरा। हटा दिया।

जब खा चुके, तो बहुत धीरे बोले — "अगर आएँ तो कहना — मैं अभी मरा नहीं हूँ। खेत चिता के बाद बाँट लें।"

गीले कपड़े से चेहरा पोंछा। आँखें बंद कर लीं काका ने।

पोंछने के बाद का चेहरा — साफ़, ढीला, हड्डियाँ चमड़ी के नीचे। सिया वहीं बैठी रही। कमरे ने अपनी धीमी साँस ली। मक्खी नीम के काढ़े पर चक्कर लगाती रही। बाहर साइकिल की घंटी, दूर से, बेमतलब।

रसोई साफ़ की। कमरा बुहारा। बर्तन धोए। बिस्तर के पास रखे स्टील के गिलास में ताज़ा पानी भरा।

तीन घंटे। परिवार से कोई नहीं आया।

शाम को लौटी। बाँहें भारी थीं। कमर चारपाई माँग रही थी। पर साँस लंबी आ रही थी — धीमी, नीची, जैसी बैठने के बाद आती है।

गली के मोड़ पर मंझला बेटा साइकिल से आया। पैडल मारते-मारते साँस तेज़ थी।

"हमारे घर में दखल देने को किसने कहा तुम्हें?" उसने कहा। "अब सब बोल रहे हैं कि हम बाप को देखते नहीं।"

सिया ने मुँह खोला, फिर बंद कर लिया।

पहली आदत वही उठी — समझा दे, सफाई दे, गिना दे उसने क्या-क्या किया।

उसने उसे भी जाने दिया।

"हो सकता है तुम सही कह रहे हो," उसने धीमे से कहा। "मैं इसलिए गई क्योंकि वो भूखे थे।"

लड़का उसे देखता रह गया, जैसे बिना टकराव के अपने गुस्से को रखने की जगह न मिले। "लोग बातें करेंगे," बड़बड़ाया और निकल गया।

सिया पीछे उठी धूल में खड़ी रही — छाती में अपना कर्तव्य, हाथों पर किसी और का घाव।

उस शाम, काका की गली से गुज़रते हुए, उसने सबसे छोटे बेटे को दरवाज़े की सीढ़ी पर बैठे देखा। कुछ नहीं कर रहा था। बस बैठा था। हाथ अभी भी पीले थे।

उस रात दीया जलाया।

नया दीया। नई बाती। ताज़ा तेल।

तेल की गंध — सरसों की, घरेलू। बाती की छोटी सी चटक — अंगुली की तरह। खिड़की से हवा आई — लौ काँपी, फिर सीधी हुई।

लौ जली।

सिया ने देखा।

और एक सवाल फिर उठा — वही जो पहले आया था।

लौ दिख रही है।

देखने वाली कौन है?

इस बार — सवाल नहीं गया।

इस बार — सवाल ने पकड़ लिया।

मुट्ठी खोली जल बहा — रोके रुकी न धार।

छोड़ दिया जो पकड़ ये — ध्यान मिला इक बार॥

कौन देख रहा है?

सवाल ने पकड़ लिया था।

कौन देख रहा है?

सिया ने दादा से पूछा — "यह सवाल क्या है?"

पीपल के नीचे बैठे थे। दोपहर ढल रही थी — सूरज स्कूल के पीछे जा चुका था, छाया अब ठंडी थी। दादा ने चाय का कप दोनों हथेलियों में पकड़ा था। भाप उठ रही थी दोनों के बीच।

दादा ने कहा — "यह सवाल नहीं है। यह दरवाज़ा है।"

"आँख देखती है — पर आँख को कौन देखता है?"

सिया ने सोचा।

"मन?"

"मन को कौन देखता है?"

"..."

"जब तू सोचती है — 'मेरे मन में ख़याल आया' — तो ख़याल को किसने देखा?"

सिया चुप रही।

"इसका जवाब मत ढूँढो। इसमें उतरो।"

उस रात सिया बैठी। ठंड और गहरी हो गई थी। कंधों पर शॉल लपेटा। फ़र्श की ठंडक चटाई से छन रही थी। बाहर, पीपल हवा में चरमराया — अक्टूबर में पत्ते झर चुके थे, टहनियाँ नंगी थीं।

दीया जला। लौ स्थिर हुई।

वो देखने लगी।

लौ दिख रही थी।

कौन देख रहा है?

पहले — मन ने जवाब देने की कोशिश की।

मैं देख रही हूँ।

पर — "मैं" कौन है?

सिया।

पर — जब कोई "सिया" नहीं बोलता — तब भी देखना होता है। नाम से पहले भी देखना था।

तो कौन?

मन घूमा। जवाब नहीं मिला।

अगली रात वही थी — रूप वही, गहराई अलग।

छत पर बूँदें पड़ीं — हल्की, बिखरी, सर्दी से पहले की आख़िरी बारिश। दीये की छाया दीवार पर काँपी।

लौ। वही सवाल।

कौन देख रहा है?

हर जवाब उठता और उसी पल दिख जाता कि वह भी बस जवाब है।

मैं देख रही हूँ। — दिख गया।

शरीर देख रहा है। — दिख गया।

आँख देख रही है। — दिख गया।

देखने वाला इनमें से कोई नहीं था।

तीसरी रात।

न बारिश। न हवा। गाँव इतना थमा था कि कानों में सन्नाटा बज रहा था।

लौ जल रही थी।

सिया ने सवाल पूछा — *कौन देख रहा है?*

मन ने फिर जवाब देने की कोशिश की, और हर जवाब अपने चेहरे पर एक मुखौटा लगाकर आया।

तभी — एक अलग ख़याल आया। ठंडा। तेज़।

अगर कोई नहीं है तो?

सिया का पेट कसा।

अगर सब देखने के पीछे — कुछ नहीं है? कोई साक्षी नहीं। कोई आत्मा नहीं। बस... खालीपन। एक मशीन जो चलती है और अंदर कोई नहीं।

तो मीरा का बोझ इत्ने बरस किसने ढोया? माँ और दादी की कमी गले में किसे पत्थर-सी लगती रही? यह सारा प्यार, अपराध, मेहनत — अगर बीच में सिर्फ़ एक खोखल है, तो किसका है?

यह ख़याल रीढ़ पर उतरते ठंडे पानी जैसा था। हाथ ठंडे हो गए। लौ धुँधली दिखी।

आँखें खोलने का मन हुआ। उठ जाने का। बाहर जाने का — जहाँ लोग हैं, शोर है, कुछ ठोस है।
मन हुआ पुरानी सूचियाँ लौट आएँ, बैठकें लौट आएँ, छोटे-छोटे झगड़े लौट आएँ — कुछ तो हो जिसके किनारे हों।

पर वो रुकी रही।

भय में रुकी। उसे देखा। ठंडक। कसाव। भागने की तड़प।

एक साँस। एक और। भय नहीं गया। वो नहीं गई। दोनों वहीं बैठे रहे — जैसे दो अजनबी एक बेंच पर, बिना बोले।

और देखा — *कोई* भय को देख रहा था।

अगर सचमुच कोई नहीं होता — तो डर कौन रहा था?

भय नरम पड़ा। गया नहीं — पर देखा गया।

सिया सवाल में रही। अब जवाब नहीं ढूँढ रही थी।

कौन...

सवाल गहरा गया।

और फिर —

सन्नाटा। चुप रहने का सन्नाटा नहीं। पहुँचने का।

उसी पल साँस अपने आप लंबी हो गई। सीने की पुरानी पकड़ ढीली पड़ी। बाहर कहीं बैलगाड़ी की चर्र-चर्र आई, फिर दूर चली गई।

कोई एलान नहीं हुआ। न रोशनी फूटी, न आवाज़ आई। बस कमरा था — साधारण, और इतना साफ़ कि झुठलाया न जा सके।

सिया ने आँखें खोलीं।

दीया जल रहा था।

दीये की हल्की गरमी अब भी उसके गाल पर थी। घुटनों के नीचे की चटाई खुरदरी थी।

एक ख़याल उठा। शब्द पकड़ना चाहा। फिर चला गया।

अगले दिन, दादा से मिली।

कुछ देर दोनों में से कोई कुछ नहीं बोला।

दादा ने देखा। चुप रहे।

फिर बोले — "मिला?"

सिया ने कहा — "पता नहीं। कुछ... गिरा।"

दादा ने सिर हिलाया।

"अच्छा। इसे नाम देने की जल्दी मत कर।"

"अब कुछ करना है?"

दादा ने कहा — "अब देखो। रोज़ की ज़िंदगी में। क्या बदला, क्या नहीं।"

"कैसे पता चलेगा?"

"जब भूलोगी, और फिर लौटोगी — तब पता चलेगा।"

उस रात, सिया ने दीया जलाया।

लौ जली।

उसने देखा।

आँख देखे रूप को — कान सुने आवाज़
पर जो देखे आँख को — वो कौन है आज?॥

साक्षी मिला

सुबह हुई।

सर्दी की पतली धूप तिरछी होकर खिड़की से आई। दो गली दूर से मुर्ग़े की आवाज़ आई।

सिया ने आँखें खोलीं।

वो उठी। चाय बनाई। वही बर्तन। वही चूल्हा।

माचिस जलाई। आवाज़ — तीखी, क़रीब। फ़ॉस्फ़र की गंध। हज़ार माचिसें जलाई होंगी। आज यह एक सुनाई दी।

पानी उबल रहा था। बुलबुले उठ रहे थे — पहले छोटे, स्टील से चिपके, फिर छूटते। चाय की पत्ती गिरी — पानी ने रंग बदला। साफ़ से गहरा भूरा, धीरे-धीरे, जैसे नदी में स्याही गिरी हो।

उड़ेली। चाय की धार — पतली, सुनहरी, घुमावदार। भाप उठी और खिड़की की रोशनी में घुलकर गायब हो गई।

दोनों हथेलियों में कप पकड़ा। गरम।

यह तो रोज़ होता है।

आज दिख रहा था।

वो बाहर आई। नंगे पैर आँगन के पत्थर पर — रात की ठंडक बाक़ी, धूप अभी नहीं पहुँची।

आँगन वही था। वही पेड़। वही धूप नीम से छनकर आ रही थी — ज़मीन पर रोशनी के सिक्के, हवा चलती तो हिलते।

नीम का हरा एक हरा नहीं — कई हरे थे। जहाँ पत्ते एक दूसरे पर, वहाँ गहरा। जहाँ धूप लगती, वहाँ चमकीला। नीचे वाला — हल्का, लगभग पीला। मिट्टी की दीवार — बनावट आज पहली बार दिखी। हर दरार, आख़िरी लिपाई की हर उँगली का निशान।

गली के पार कुएँ की घिर्री। किसी के आँगन में झाड़ू। एक बच्चा हँसा, फिर रुका।

हवा आई। हवा का विचार नहीं — असली छुआ। बाँहों पर। गर्दन के पीछे। एक तरफ़ गरम, दूसरी तरफ़ ठंडी।

पीपल की जड़ में कुत्ते ने जम्हाई ली, एक कान खुजाया, और फिर सो गया। वो हमेशा से ऐसे ही जीता था।

चिड़िया बोली।

नाम नहीं पता था। ज़रूरत नहीं।

दो सुर, एक ठहराव, फिर तीन। साफ़ — जैसे पानी पत्थर पर बहे।

सिया ने सुना।

न नाम। न राय। बस सुनना।

तभी — एक जानी-पहचानी आवाज़ आई।

यह टिकेगा नहीं। तू जानती है। कल तक वही पुरानी सिया — भागती, चिंता करती, चिड़चिड़ाती।

वो पुरानी आलोचक। वही जो आईने में पहली बार मिली थी।

सिया ने उसे आते देखा। जैसे बादल धूप को ढके।

एक पल को पेट फिर सिकुड़ा। पर अब सिकुड़न भी दिख रही थी।

आवाज़ प्रतिक्रिया की ताक में थी। कोई आई नहीं।

फिर धीमे बोली: *तू यह खो देगी।*

सिया ने उसे भी देखा।

बादल गुज़रा। धूप लौटी।

आँगन सन्नाटे में था। कोई नहीं था जिसकी तरफ़ मुड़कर कहे — *देखो, यह रोशनी।*

और क्योंकि कोई नहीं था, दुख भी आया — साफ़, बिना भेस के।

माँ नहीं। दादी नहीं। इतनी साफ़ सुबह, और कोई गोद नहीं जिसमें सिर रखकर कहे — *हाँ बच्ची, मैं इसी की बात करती थी।*

उसकी आँखें भर आईं। पोंछीं नहीं।

एक पल को उसने दरवाज़े की तरफ़ आधा सिर मोड़ा — जैसे रसोई से अभी कोई जवाब आ जाएगा।

दोपहर तक वह राशन की दुकान पर थी। लाइन गली तक मुड़ती चली गई थी।

एक आदमी बोरी दबाए किनारे से घुसने लगा।

"बहन, बस एक मिनट, मेरी बस छूट जाएगी।"

सिया के मुँह से पहले ही निकल गया — "सबकी बस छूट रही है। लाइन में लगो।"

शब्द ज़रूरत से ज़्यादा सख़्त निकले।

आदमी पीछे हटा। चेहरा तना। पीछे से किसी ने कहा — "सिया दीदी का आज मूड खराब है।"

गर्मी उसकी गर्दन तक चढ़ गई। जबड़ा जमने लगा — वही पुरानी कठोरता।

उसने महसूस किया। देखा अकड़न अपने आप ढीली पड़ी। सफ़ाई देने का मन भी देखा। उसके बाद आने वाली हल्की शर्म भी।

नंबर आया तो चावल, चीनी, मिट्टी का तेल लिया और सफ़ेद झुलसाती धूप में घर लौटी।

गली के मोड़ पर वही शहरी औरत फिर दिखी — हैंडपंप वाली, हफ़्तों पहले। सुनीता के आँगन के बाहर खड़ी थी, फ़ोन में बोल रही थी। या बोलने की कोशिश — कॉल कट चुकी थी। वो फ़ोन कान से लगाए खड़ी रही, जबड़ा तना, जैसे नीचे रखना कुछ मान लेना हो जो अभी मंज़ूर नहीं।

सिया धीमी पड़ी। लगभग रुकी।

उस औरत की आँखें सूखी थीं, पर चेहरे पर वही सपाट चमक थी जो सिया ने कभी अपने आईने में देखी थी।

आँगन तक पहुँचते-पहुँचते सुबह की स्पष्टता गई नहीं थी। उसका काम बदल गया था — रोशनी से मज़दूरी पर।

दादा के पास गई।

दादा ने देखा। सिया ने देखा। कोई नहीं बोला।

"दादा, अब?"

"अब क्या?"

"अब क्या करूँ? यह बना रहेगा? चला जाएगा?"

दादा ने कहा — "धुँधला होगा। फिर साफ़ होगा। बैठती रहना।"

"कैसे?"

"वही। बैठना। देखना। भूलो तो लौटना।"

सिया घर लौटी।

रात हुई।

दीया जलाने का समय था।

उसने दीया उठाया — फिर रख दिया।

आज नहीं।

खिड़की से चाँद दिख रहा था।

सिया ने देखा।

वही चाँद जो बचपन से देखा था। वही आसमान।

चाँदनी खिड़की की सलाख पर टिककर ठंडी हो रही थी।

जैसे पहली बार मिल रहे थे।

वो लेट गई।

आँखें बंद हुई।

नींद आई।

रात में एक बार आँख खुली। लगा — सब खो गया।

कमरा अँधेरा था। दूर कहीं कुत्ता भौंका। दिल बिना वजह तेज़ धड़क रहा था।

फिर अपनी ही साँस सुनाई दी।

अंदर। बाहर।

फिर सो गई।

ढूँढ थकी सब ओर जो — वो था ढूँढनहार।

देख थकी जग रूप को — वो ही देखनहार॥

भाग चार

वापसी

वही गाँव, नई आँख

दिसंबर की हवा — तेज़, साफ़, साँस में दिखती।

दहलीज़ पार करते ही चप्पल के नीचे वही कड़ी मिट्टी चटखी। वही गाँव। वही पगडंडियों की धूल, वही कुएँ की घिर्री, वही सर्द धूप।

सुबह बाज़ार गई। सब्ज़ी लेनी थी।

वही सब्ज़ीवाला। उसने टमाटर तराज़ू पर रखे, अंगूठा किनारे पर — पुरानी चाल। सिया ने अंगूठा देखा। काँटे कि सूई झुकी।

"दीदी, आज टमाटर बहुत अच्छे हैं!"

उसने तौला। सिया ने देखा — आज भी कम दिया।

सिया ने देखा।

फिर लगभग धीरे से बोली — "अंगूठा हटा लो।"

एक पल को पुराना जवाब उठा — थोड़ा तेज़, थोड़ा ऐसा कि सबके सामने उसे शर्मिंदा कर दे। होंठ तक आते-आते बुझ गया।

सब्ज़ीवाला चौंककर ऊपर देखता रह गया।

एक पल के लिए उसके चेहरे ने झगड़े की तैयारी की — जो आई नहीं।

सिया बस खड़ी रही।

उसने गला साफ़ किया। अंगूठा हटाया। दो टमाटर और रख दिए। नज़र मिलाए बिना।

उसने पैसे दिए। सब्ज़ी ली। आगे बढ़ गई।

रात को छत पर गई।

वही छत। वही मुँडेर — उसके पार गली, गली के मोड़ से परे पीपल, पत्ते झर चुके थे, टहनियाँ तारों में काली। महीनों पहले रात के तीन बजे इसी पर बैठी थी — दीया बुझता देखती हुई।

आज नीचे गाँव सो रहा था। सर्दी के तारे पास और कठोर। पीपल के नीचे कुत्ते की करवट तक ऊपर सुनाई दे रही थी।

वो बैठ गई।

दीया नहीं। सवाल नहीं।

नीचे कुत्ते की हलचल। अपनी साँस।

पीछे घर अँधेरा था। एक कमरा, एक चारपाई, ताक पर एक दीया। अंदर कोई इंतज़ार नहीं कर रहा था। दिन कैसा रहा — यह पूछने वाली कोई आवाज़ नहीं।

एक पल को भीतर पुराना दर्द उठा — यह साफ़ आँख आखिर किसके लिए, अगर लौटकर इसमें किसी का हिस्सा न हो? वह सवाल भी वहीं बैठा रहा।

अगले दिन, कमला फिर मिली। हैंडपंप के पास, जहाँ गली सिकुड़ती है। कमला की साड़ी काम के लिए खोंसी थी, हाथ अभी गीले।

"अरे सिया दीदी! सुना, आजकल बहुत शांत रहती हो? पागलपन छूट गया?"

सिया ने देखा।

"हाँ, छूट गया।"

कमला रुकी।

"मतलब?"

"जो पागलपन था — वो छूट गया।"

सिया मुस्कुराई। आगे बढ़ गई।

कमला खड़ी रही — समझ नहीं पाई।

उसी समय अंदर सबसे छोटे बच्चे के रोने की तेज़ आवाज़ आई — वह रोना जिसमें चोट से ज़्यादा गुस्सा होता है।

कमला तुरंत मुड़ी। ताना उसके चेहरे से मुस्कान पूरी उतरने से पहले ही गिर गया।

वो अपनी गली की तरफ़ लौटी। वही तेज़ चाल, वही ज़रा सा झुकाव। खुले दरवाज़े से सिया को दिखा — अँधेरा कमरा, तीन बच्चे फ़र्श पर, सबसे बड़ा लड़का साइकिल की चेन पर झुका, सूखी गेंदे की माला के पीछे एक आदमी की तस्वीर।

उसी शाम सहकारी की बैठक थी। कमरे में मिट्टी के तेल और पुराने बहीखाते की गंध। चार ट्यूबलाइटें, एक टिमटिमाती।

रघु ने कहा — "दीदी, इस बार नेरे भाई को भी कर्ज़ दे दो। वो वापस कर देगा।"

सिया ने देखा।

रघु कमीज़ की फटी कफ़ को दो उँगलियों से रगड़ता रहा।

"नहीं, रघु।"

वो खड़ी रही। दोनों तलवों में ज़मीन साफ़ महसूस हो रही थी। साँस न तेज़ हुई, न अटकी।

रघु रुका। "क्या?"

"तेरा भाई तीन बार ले चुका है। वापस नहीं किया। इस बार भी वही होगा। हम कर्ज़ नहीं दे सकते।"

"पर दीदी..."

"कल बैंक का नोटिस आया है। इस हफ़्ते भी नहीं भरा तो हाथगाड़ी उठवा लेंगे।"

रघु ने कमरे में चारों तरफ़ देखा। कोई उसके साथ खड़ा नहीं हुआ।

पुरानी आदत फिर उठी — एक-एक हिसाब गिनाकर उसे चुप करा दे। उसने उसे भी जाने दिया।

"नहीं।"

एक शब्द। सीधा।

रघु के चेहरे पर गुस्सा आया। पर कह नहीं पाया। चला गया।

दरवाज़े तक जाकर एक पल रुका, जैसे लौटकर कुछ कहेगा — फिर चलता गया।

जैसे कमरा खाली होने लगा, सावित्री आगे आई। एक हाथ में मुड़ी हुई रसीद थी।

"दीदी — पुराना कर्ज़। चुक गया। लड़की स्कूल फिर जाने लगी।"

उसने रसीद मेज़ पर रखी — सावधानी से, जैसे कोई टूटने वाली चीज़ हो।

सिया ने देखा। वही कर्ज़ जो महीनों पहले सहकारी की बैठक से ग़ायब हुआ था, वही लड़की जिसकी फ़ीस ने सावित्री को जगाए रखा।

"अच्छा," सिया ने कहा।

सावित्री ने सिर हिलाया। चली गई।

रसीद मेज़ पर पड़ी रही — छोटो और ख़त्म।

रात को सिया ने फ़ोन उठाया। मीरा का नंबर — अभी भी था।

घंटी बजी। दो बार। तीन बार।

"हाँ?"

"मीरा — मैं सिया।"

चुप्पी।

"मुझे माफ़ी माँगनी है। उस रात के लिए।"

फिर चुप्पी। लंबी।

"अभी क्यों?"

"क्योंकि मैं तुम्हें वहीं छोड़ आई थी।"

मीरा ने लाइन पर साँस ली। "हाँ," उसने कहा। "छोड़ आई थी।"

लाइन चुप रही।

मीरा फिर चुप रही। फिर बोलो — "उस रात मैं बच्चे को गोद में लेकर बस अड्डे पर पहली रोशनी तक बैठो रही। बार-बार लगा — शायद तू आएगी।"

सिया ने आँखें बंद कर लीं।

मीरा ने कुछ नहीं कहा। फिर — "कभी आ। बच्ची बड़ी हो गई है। आँगनवाड़ी में काम करती हूँ अब।"
लाइन के पीछे से थाली के गिरने की आवाज़ आई, फिर किसी बच्चे ने ऊँची आवाज़ में और चावल माँगे।
"पैसा देर से मिलता है, पर मिलता है।"

फ़ोन रखने के बाद भी सिया कुछ देर वैसे ही बैठी रही। कमरा चुप था।

बाहर साइकिल की घंटी बजी, फिर दूर चली गई। गली में कोई धनिया का भाव पुकार रहा था।

अगली शाम वह पुराने बस अड्डे तक चली गई।

वही टूटी बेंच। वही पीला पड़ा टाइम-टेबल बोर्ड, आधे अक्षर उखड़े हुए। चाय वाले लड़के ने काले पड़े स्टील के टब में गिलास धोए।

वह वहीं खड़ी रही जहाँ कभी मीरा बुखार से तपते बच्चे को गोद में लिए खड़ी थी — और जाने को कोई जगह नहीं थी।

धूल और डीजल के झोंके के साथ बस आई। औरतें बोरी सँभालते उतरीं, एक आदमी मुर्गियों का पिंजरा लेकर पीछे से कूदा, दो स्कूली लड़के ज्योमेट्री बॉक्स को लेकर झगड़ते रहे।

उसका कोई अपना नहीं उतरा।

वह तब तक रुकी रही जब तक चाय की दुकान का शटर आधा नहीं गिरा और कंडक्टर की सीटी रात में पतली होकर खो नहीं गई।

लौटते हुए उसे लगा — माफ़ी कोई टिक लगा देने वाला काम नहीं; वह रास्ता है जिसे बार-बार चलना पड़ता है

गाँव वही, पगडंडियाँ — वही कुआँ, वही धूप
आँख जरा-सी बदल गई — नया लगा सब रूप॥

काम में साक्षी

जनवरी की धूप — फीकी, नीची, बस खड़े रहो तो गर्म। सरसों के खेत किनारों से सुनहरे हो रहे थे।

उसी सुबह पीपल के नीचे दादा उठने लगे तो आधे उठे-उठे ही एक पल ठहर गए थे। एक हाथ घुटने पर, आँखें बंद, जैसे साँस को बराबर होने में पहले से थोड़ा ज़्यादा वक़्त लग रहा हो।

उन्होंने चाय का कप उठाया। उँगलियाँ बंद हुईं, फिर खुलीं — बंद और खुलीं — फिर पकड़ीं। मिट्टी की दरार और चौड़ी हो गई थी जबसे पहली बार देखी थी। या उनके हाथ पतले हो गए थे।

जब सीधे हुए, चेहरे पर कुछ था जो सिया ने पहले नहीं देखा था।

वो गली की तरफ़ देख रहे थे — पानी भरती औरतें, दौड़ते बच्चे, सिर पर चारा ले जाता आदमी — जैसे शीशे के पीछे से देख रहे हों।

"दादा?"

उन्होंने सिया की तरफ़ देखा। आँखें भीगी थीं। हवा से नहीं।

"दादा, क्या हुआ?"

उन्होंने सिर हिलाया। फिर धीरे से —

"जिन्हें सिखाया — सब गए। विक्रम गाँव छोड़ गया। तुझसे पहले जो औरत थी, प्रिया — शादी करके नदी पार चली गई। उससे पहले जो था..." रुके। "उसका नाम भी याद नहीं अब।"

उनकी हथेली शॉल के किनारे पर खुली-बंद हुई।

"इस पेड़ के नीचे बैठे रहो तो लोग आते हैं। फिर चले जाते हैं। एक दिन पेड़ भी चला जाएगा।"

उन्होंने पीपल की तरफ़ देखा।

सिया को कुछ कहना नहीं आया। बस बैठी रही।

कुछ देर बाद दादा का हाथ घुटने पर ठहरा।

"काका," उन्होंने कहा, जैसे दूसरी बात पर लौट रहे हों। "ठीक हो रहे हैं?"

रामू काका ठीक हो रहे थे।

बीमारी गई — पर झगड़ा आ गया।

परिवार में बँटवारे की बात शुरू हुई।

"ज़मीन किसकी? दवाई का खर्चा किसने उठाया? बुढ़ापे में कौन देखेगा?"

तीन बेटे थे। तीनों की अलग राय।

बड़े ने पहले कहा — "मैं बड़ा हूँ, ज़मीन मेरी।"

मंझला बीच में काटकर बोला — 'मैंने दवाई का खर्चा उठाया, मुझे ज़्यादा मिलना चाहिए।"

छोटे ने कहा, "मैं यहीं रहता हूँ, देखभाल मैं करता हूँ।"

आँगन से अगली गली के दो आदमी बीज के दाम की बात का बहाना करते हुए खड़े थे, पर सुन सब यही रहे थे।

आवाज़ें एक-दूसरे पर चढ़ने लगीं।

बड़े ने हथेली चौखट पर दे मारी। मंझला सूखी हँसी हँसा — जिसमें हँसी थी ही नहीं। छोटे ने पीतल का लोटा ठोकर से किनारे कर दिया — एक बार घूमकर छन से चुप हो गया।

काका बिस्तर पर थे। सुन रहे थे। आँखों में दर्द था।

उन्होंने एक बार कोहनी के बल उठने की कोशिश की। किसी ने ध्यान नहीं दिया, जब तक कि उन्हें खाँसी नहीं आ गई।

झगड़े की भनक बाहर तक पहुँच चुकी थी; एक दलाल चक्कर काट रहा था, दबे स्वर में पूछता कि क्या खेत टुकड़ों में बेचने को तैयार हैं।

सिया को बुलाया गया।

"दीदी, आप समझाओ इन्हें।"

सिया ने सबको देखा।

बड़े को। मंझले को। छोटे को। काका को।

सिया ने उन्हें शांत करने के लिए मुँह खोला।

फिर रुक गई।

इस गर्मी में जो भी कहेगी, आग और बढ़ेगी।

सिया ने कहा — "मुझे सबकी बात अलग-अलग सुननी है।"

पहले बड़े से मिली। आँगन में बैठे, तुलसी के पास। सीधा नहीं देख रहा था।

"तुम्हें क्या लगता है?"

देर तक चुप रहा। फिर —

"मैंने चौदह साल की उम्र में वो खेत जोते। बाबा से नहीं होता था। कमर। तो मैंने स्कूल छोड़ा। मंझला शहर गया नौकरी के लिए। छोटा देर से पैदा हुआ — वो खेलता रहा, मैं काम करता रहा।"

हाथ खुरदरे थे। उन्हें पलट-पलट कर देखता रहा। गट्टे उभरे हुए थे।

"अब बराबर बाँटना है। बराबर। दो निकल गए। मैं रहा। और जब बाबा बीमार हों — पैसा कौन देता है? मैं भैंस बेचता हूँ। मेरी भैंस। मेरी बचत।"

आवाज़ टूट गई।

"मैं लालची नहीं हूँ, दीदी। मैं थका हुआ हूँ।"

सिया कुछ नहीं बोली। बस बैठी रही

मंझला अलग था। दरवाज़े में खड़ा था — बाँहें बाँधे, एक पैर चौखट पर। तेज़ बोलता, सख़्त आँखें।

"वो सोचता है — रहा तो ज़मीन उसकी? मैंने हर महीने पैसे भेजे। हर एक। डाकखाने से पूछ लो।"

उसने कमीज़ की जेब से मुड़ी-तुड़ी मनीऑर्डर रसीदें निकालीं — पसीने से नरम पड़ी हुई, मोड़ों पर अंकों की स्याही धुँधली।

उसका जबड़ा हिला जैसे कुछ कड़वा चबा रहा हो। फिर वो गया — तेज़ी से, जैसे आया था।

छोटा आखिर में आया। काका की चारपाई के पास फ़र्श पर बैठा, इतना करीब कि हाथ से चारपाई की टांग छू ले। आँखें लाल। हाथों में हल्दी की गंध — काका की पुल्टिस बना रहा था आने से पहले।

"मैं इसी घर में रहता हूँ। साफ़ करता हूँ। खाना खिलाता हूँ। वो नहीं देखते क्योंकि पैसा नहीं है। समय है। मेरा पूरा दिन।"

उसने अपने हाथ देखे। पीला धब्बा नहीं छूटता।

रात को घर आई।

सिया ने साँस ली।

फिर भी मन उसे साफ़ शक्ल देना चाहता था — बराबर हिस्से, तय बारी, बात खत्म। उसने उस चाह को भी देखा।

नींद आ गई।

अगले दिन, फिर गई।

इस बार — सबको साथ बिठाया।

"मैंने सबकी बात सुनी। सब सही हैं — अपनी जगह।"

तीनों चुप।

मंझला सूखा-सा हँसा। "बोलना आसान है। तुम्हारे भाई नहीं हैं।"

बड़ा उसकी तरफ़ मुड़ा। "साफ़ बोल — तुझे ज़मीन चाहिए, बाबा नहीं।"

छोटा आधा खड़ा हो गया। "कम से कम मैं तो हूँ जब इन्हें उठाना-पोछना होता है।"

कमरा फिर तंग हो गया।

बंद हवा में पसीना, दवा, पुरानी खाट — सब क़रीब आ गई।

सिया को पुरानी आदत उठी — अभी इसे सीधा कर दे, जैसे बही में गलत जोड़ दिखते ही कलम खुद चल पड़ती है।

तभी उसे शोर के बीच काका की साँस सुनाई दी।

वो उठी। स्टील के जग से पानी डाला। गिलास उनके होंठों तक ले गई। जब तक उनका गला ठहरा नहीं, वहीं खड़ी रही।

"पर काका भी सही हैं।"

काका की तरफ़ देखा।

"काका, आप क्या चाहते हो?"

काका की आँखें भर आईं।

"मैं बस इतना चाहता हूँ — मेरे बच्चे लड़ें नहीं।"

उँगलियाँ चादर में मरोड़ खा रही थीं।

"यह खेत तुम्हें एक चूल्हे से खिलाता रहा। जाते-जाते इसे टुकड़ों में टूटते मत दिखाओ।"

चुप्पी।

सिया ने कहा — "ज़मीन बाद में बाँटना। पहले — एक साल साथ रहो। देखो कौन क्या करता है। फिर फ़ैसला।"

"अभी गुस्से में बाँटोगे तो अगली फ़सल अदालत की गलियों में कटेगी, खेत में नहीं।"

बड़े ने कहा — "पर—"

"एक साल। बस।"

मंझला बोला — "और दवाई का खर्चा?"

"तीनों मिलकर उठाओ। हिसाब रखो।"

छोटा बोला — "और देखभाल?"

"बारी-बारी। एक महीना तुम, एक महीना बड़े भाई, एक महीना मंझले भाई।"

मंझला बैठा नहीं।

"और जब यह फिर कहे कि यहीं रहना ही सबसे बड़ी कुर्बानी थी? जब हर मेड़ को जंजीर की तरह गिनने लगे?'

सिया ने कहा — "तो वह भी लिखो। किसने कितना पैसा भेजा। किसने कितने दिन खेत में बिताए। किसने कितनी रातें बिस्तर के पास काटीं। जो मुँह टेढ़ा कर देता है, उसे कागज़ सीधा रखता है।"

सबसे पहले छोटे ने सिर उठाया। उस दिन पहली बार तीनों भाई एक ही वाक्य सुन रहे थे।

कोई तुरंत नहीं बोला।

बड़ा ज़मीन पर देखता रहा। जबड़ा तना हुआ। मंझला दरवाज़े की चौखट पर अटका रहा। छोटा अपनी एड़ियों को देखता रहा।

तभी काका ने हाथ उठाया — काँपता, पतला। बड़े की तरफ़ बढ़ाया।

"बेटा।"

एक शब्द। कमरा बदल गया।

बड़े ने वो हाथ देखा। वही हाथ जो हल पकड़ता था। जो बचपन में कंधे पर था।

एक साँस ली। छोड़ी।

जबड़ा थोड़ा ढीला पड़ा। नज़र नीचे गिर गई।

"ठीक है।"

मंझले ने बाहर आँगन की तरफ़ देखा। देर लगी।

"एक साल," उसने कहा।

छोटे ने आँखें पोंछीं। काका की चादर सीधी की। कुछ नहीं बोला।

काका रो पड़े।

सिया उठी। चली गई।

बाहर निकलकर भी गाँठ पूरी नहीं खुली थी। बस इतनी ढीली पड़ी थी कि साँस आ-जा सके।

गली के मोड़ पर वही दलाल हाथ में लपेटा हुआ नक्शा लिए खड़ा था, खाद के दाम की बात करता हुआ, पर नज़र वहीं टिकी हुई।

घर आई।

उनकी आवाज़ें अभी भी कानों में थीं।

कंधे नीचे थे। साँस बिना पूछे आ रही थी।

पीपल की तरफ़ नज़र गई। दादा उठ रहे थे — पहले से ज़रा धीरे।

तीन हफ़्ते बाद भी तीनों भाई साझा खर्च की कॉपी चला रहे थे।

उसमें से तीन पन्ने फटे हुए थे।

हाथ लगे हर काम में — मन न बाँधे गाँठ

भीतर बैठा देखता — खुलती जाए गाँठ॥

आठवीं आँख

बरसात आई और गई। फ़सल आई और गई। गर्मी फिर लौट आई थी — जून था, पीपल नई पत्तियों से भर गया था। वही धूल, वही सूखी घास, वही रात की चमेली की फ़ीकी गंध — जो उस रात भी थी जब सिया पहली बार छत पर बैठी थी।

उसे किसी ने बताया नहीं — उसने खुद देखा।

दादा की चाल बदल गई थी। पीपल से दरवाज़े तक — वही रास्ता, जो कभी स्थिर था, बिना जल्दी, हर क़दम ऐसे रखा जैसे दोहे का शब्द — अब उसमें ठहराव आने लगा। पाँव हवा में रुकता, फिर ज़मीन पर आता, जैसे धरती को एक पल चाहिए उन्हें सँभालने के लिए।

चाय का कप उठाते हुए हाथ काँपते। अब दोनों हथेलियों से पकड़ते — फिर भी चाय की पतली लकीर मिट्टी के कप से बहती, धोती पर गिरती। पोंछते नहीं थे।

एक सुबह खाँसी का दौरा पड़ा। गहरी, खड़खड़ाती, पसलियों के नीचे से उठती। सिया पास बैठी — एक हाथ उनकी पीठ पर। हड्डियाँ महसूस हुईं — कितनी क़रीब आ गई थीं सतह के।

खाँसी रुकी। दादा ऐसे साँस ले रहे थे जैसे कोई पहाड़ चढ़कर आया हो। आँखें भीगी थीं — दुख से नहीं, हवा खींचने की मेहनत से।

"दादा..."

उन्होंने हाथ उठाया। वही पुराना इशारा — *रुको। ठीक हूँ। मत पूछो।*

पर हाथ काँप रहा था।

सिया रोज़ मिलने जाती। बात कम होती अब। ज़्यादातर चुप बैठते। और यह चुप्पी अलग थी — पीपल के नीचे की सिखाने वाली चुप्पी नहीं, बल्कि उस दीये की चुप्पी जिसका तेल कम हो रहा हो।

एक दिन दादा ने कहा — "अब लोग तुझसे भी पूछेंगे।"

"क्या?"

"वही।"

सिया चुप रही।

दादा ने हाथ से हल्का-सा इशारा किया।

"तब शब्द कम रखना।"

तीन दिन से सिया की नज़र उस पर बार-बार जा रही थी।

हैंडपंप पर — लाइन से थोड़ा दूर खड़ी, जैसे दूरी ही गाँव की नज़रों को छूने से रोक लेगी।

किराने की दुकान पर — फ़ोन उठाए खड़ी रहती, जबड़ा भींचे, और सिग्नल बार-बार टूटता, लौटता।

शाम ढलते रिश्तेदार के दरवाज़े पर — किसी से बात करते-करते कॉल कट जाती, और वो कुछ पल वैसे ही फ़ोन कान से लगाए खड़ी रहती।

हर बार सिया के भीतर कोई पुरानी गाँठ-सी कस जाती।

नीलम।

शहर से आई थी। उसके नाख़ून साफ़ थे — न मिट्टी, न हल्दी का दाग़। एक हाथ में फ़ोन पकड़ी थी — जैसे ढाल, जिसकी स्क्रीन कोने से कोने तक फटी थी।

पर जबड़ा भींचा रहता, और आँखों में वही सपाट चमक थी जिसे सिया पहचानती थी।

किसी रिश्तेदार के आँगन में दोपहर की चाय पर उसका नाम आया था। "सिया से मिल ले। वो सुन लेती है।"

एक शाम, दरवाज़े पर खड़ी थी।

"आप सिया दीदी हो?"

"हाँ।"

"मुझे... कुछ पूछना था।"

सिया ने उसे एक पल देखा।

"बैठो।"

नीलम बैठ गई।

"दीदी, सब कुछ है मेरे पास। नौकरी है। पैसा है। घर है। पर..."

रुकी।

"पर?"

"पर कुछ छूट गया है। पता नहीं क्या।"

सिया ने सुना।

"कब से ऐसा लगता है?"

"पता नहीं। शायद हमेशा से। पर अब — सहा नहीं जाता।"

उसने नीचे देखा। दुपट्टे का किनारा मरोड़ रही थी।

"मेरा गर्भपात हुआ था। तीन महीने पहले। पति ने कहा — 'फिर कोशिश करेंगे।' माँ ने कहा — 'ऐसा होता है।' सब आगे बढ़ गए। मैं नहीं बढ़ पाई।" वो हल्का-सा हँसी, पर उसमें हँसी नहीं थी। "उसी हफ़्ते घर में फिर शुभ तारीख़ें गिननी शुरू हो गई थीं।"

सिया की उँगलियाँ अपनी गोद में धीरे से भींच गईं। उसने उन्हें खोला नहीं।

उसकी आवाज़ टूटी। फिर सँभली।

"पता नहीं क्यों बता रही हूँ। मैं तो पूछने आई थी — पता नहीं क्या। ध्यान? कुछ। बस कहीं चुपचाप बैठना था।"

सिया कुछ नहीं बोली। देर तक।

शाम गहरी हुई। कहीं एक दरवाज़ा बंद हुआ।

नीलम ने हथेली की एड़ी से चेहरा पोंछा।

"हॉस्पिटल में मेरे ऊपर सफ़ेद ट्यूबलाइट थी," उसने कहा। "तब से आँख बंद करती हूँ तो सबसे पहले वही दिखती है। बच्चा नहीं। खून भी नहीं। बस वही रोशनी। सपाट। ठंडी।"

आवाज़ पतली हो गई।

"घर पर सब कहते हैं आगे बढ़ो। यहाँ तो चुप्पी भी शोर करती लगती है।"

सिया उठी।

कोने में दीया रखा था।

उसने पीतल की छोटी कटोरी से तेल डाला। उँगलियों से बाती सीधी की। अंगूठे पर सरसों की गंध रह गई।

माचिस जलाई।

एक पल गंधक की तीखी महक उठी। फिर दीया जल उठा। मिट्टी की दीवार पर लौ की छाया डोल गई।

नीलम देख रही थी।

"दीदी, यह क्या है?"

सिया ने दीये की तरफ़ इशारा किया। चुप रही।

नीलम ने फिर पूछा — "दीदी, मुझे क्या करना चाहिए?"

सिया ने फिर दीये की तरफ़ इशारा किया।

"देखो।"

"लौ को?"

नीलम के होंठ तन गए। "मन ही नहीं झेला जा रहा, दीदी।"

"यहीं से शुरू करो।"

नीलम ने साँस छोड़ी। कंधे ढीले किए। देखा।

लौ जल रही थी। हिल रही थी। कभी पतली सुई जैसी, कभी साँस की तरह गोल। दीवार पर रोशनी थरथराई। नीलम की पलकें थोड़ी ढीली पड़ीं।

उसकी आँखों में पानी आ गया।

"पर कैसे?"

सिया मुस्कुराई।

"रोज़ आओ। बैठो। देखो बस।"

"अगर वही अस्पताल वाली रोशनी दिखे तो?"

"उसे भी देखो।"

"और अगर रोना आ जाए?"

"उसे भी।"

वो अगले दिन फिर आई।

दरवाज़े पर उसने अपने दफ़्तर वाले जूते उतार दिए; घर लौटते-लौटते गली की धूल ने काले चमड़े को धूसर कर दिया था।

बाहर गोधूलि उतर रही थी। अंदर वही दीया, वही छोटी-सी रोशनी।

"मुझे कुछ नहीं दिखा," नीलम ने कहा। "बस आग। और अपने ही ख़याल।"

"अच्छा," सिया ने कहा। "फिर बैठो।"

उसके अगले दिन भी आई।

तीसरी शाम को उसने एक बार सिर उठाया — जैसे कुछ पूछेगी। फिर लौ की तरफ़ लौट गई।

अगली सुबह उसने मौसी से पुरानी सिलाइयाँ माँग लीं। उधड़ी किनारी, छूटी सिलाई — कुछ भी, जिससे हाथ चलते रहें।

नीलम चली गई।

सिया अकेली रही।

दीया अभी भी जल रहा था।

कमरे में तेल और हल्के धुएँ की मिली गंध ठहरी थी। बाहर रात चुपचाप आ बैठी थी।

उसने लौ को देखा। कभी दादा भी ऐसे ही बैठे थे, बिना कुछ कहे।

अगले दिन, दादा से मिली।

"दादा, कल नीलम आई थी।"

दादा ने आँखें खोलीं।

"क्या किया तूने?"

"दीया जलाया। इशारा किया।"

दादा मुस्कुराए।

"वही।"

सिया को वो रात याद आई — उल्टा पड़ा फ़ोन, शहर का कोड, अनजान नंबर।

सिया ने पूछा — "यह कभी ख़त्म होता है?"

"क्या?"

"यह सिलसिला।"

दादा ने आँखें बंद कीं।

"क्या लौ पूछती है कि उसकी रोशनी कहाँ जाती है?"

गर्मी गहराई। सिया हर सुबह पीपल के पास आती। कभी दादा बोलते। ज़्यादातर दिन, बस चुप्पी।

एक सुबह वो पीपल तक गई। जगह खाली थी।

दरवाज़ा खुला था।

दादा चारपाई पर लेटे थे। शांत। वही शॉल — धुएँ और नीम की गंध — सीने पर। चाय का कप पास रखा था। भरा। ठंडा।

सिया बैठी। हाथ पकडा। ठंडा था, और बंद नहीं हुआ।

पर्दा एक बार हवा में हिला और थम गया। बाहर कहीं पीपल चरमराया — जैसे कोई डाल अपने ही भार में सँभल रही हो।

गाँव आया। पीपल के नीचे चिता सजाई। लकड़ी ने पहले धीरे पकड़ा, फिर एक साथ। धुआँ शाखों से होकर ऊपर गया और सफ़ेद आसमान में घुल गया।

सिया खड़ी रही — जब तक हवा आख़िरी किरचें उड़ा ले गई। फिर घर लौटी।

उस रात बैठी नहीं। दीया नहीं जलाया। चारपाई पर लेट कर छत देखती रही — वही छत जो एक साल पहले देखती थी, जब नींद पहली बार गई थी। पंखा चल रहा था। एक पंखुड़ी अभी भी हवा को तेज़ काटती।

अगली सुबह वो पीपल तक गई।

आदत। पैरों को रास्ता मन से पहले याद था।

जगह ख़ाली थी। पत्थर सुबह की धूप से गरम। जहाँ उनकी शॉल टिकती थी, वहाँ सूखे पत्ते जमने लगे थे।

कुत्ता वहीं था। उसने ऊपर देखा, फिर सिर रख दिया।

सिया वहीं बैठी जहाँ दादा बैठते थे।

पत्थर की शक्ल महसूस हुई — वही गड्ढा जहाँ उनके शरीर ने बरसों में उसे चिकना कर दिया था।

एक औरत पानी का मटका लिए गुज़री। सिया को दादा की जगह बैठे देखा। नज़र फेरी। आगे बढ़ गई।

सिया एक घंटा बैठी रही। आँखें बंद नहीं कीं। लौ नहीं देखी। बस पत्थर पर बैठी रही और गाँव उसके चारों तरफ़ चलता रहा।

हैंडपंप चीखा। साइकिल की घंटी। किसी ने बच्चे का नाम दो बार पुकारा, फिर छोड़ दिया।

जब उठी, घुटने दुख रहे थे। पत्थर की छाप जाँघों पर।

घर लौटी।

उस रात बैठी। दीया जलाया। लौ वही थी।

पर ख़ामोशी अलग थी।

बस — ग़ैरहाज़िरी।

दुख आया। तेज़ नहीं — भारी। वही जो हड्डियों में बैठ जाता है और नाम देने से भी नहीं जाता।

कमरे में अभी भी नीम, लकड़ी का धुआँ, और अनछुई चाय पर जमती झिल्ली की गंध ठहरी थी।

बस बैठी रही। हथेलियाँ घुटनों पर, जब तक सुन्न नहीं हो गईं।

लौ जलती रही। दुख नहीं हिला।

तीन दिन बीते। हर सुबह पीपल गई। पत्थर पर बैठी। लौटी। तीसरी सुबह, उठने लगी तो देखा — कुत्ता उसकी तरफ़ के पत्थर पर आ गया था।

सुबह। चाय। वही चूल्हा। वही बर्तन।

पीपल के नीचे की जगह आज खाली रहेगी। और कल भी।

चाय पी।

दोपहर तक रामू काका के बड़े बेटे का मोड़ा हुआ पर्चा आया — दवा के खर्च का हिसाब। "मंझला कहता है रकम गलत है," उसने नज़र बचाकर कहा। "एक बार देख लोगी?"

शाम को मीरा के कस्बे से पोस्टकार्ड आया — दो पंक्तियाँ, और बच्चे की खींची टेढ़ी-सी नारंगी धूप। सिया ने अंगूठे से उस नारंगी गोले को छुआ। कार्ड ताक पर रख दिया।

दरवाज़े पर दस्तक।

नीलम।

बाँह के नीचे मुड़ा हुआ सूती कपड़ा दबा था, जिस पर दर्ज़ी की हल्की खड़िया लगी थी।

"दीदी, आ गई। जैसा आपने कहा था।"

सिया ने देखा। आदतन उसकी नज़र पीपल की तरफ़ गई। जगह खाली थी।

फिर उसकी नज़र नीलम की बाँह के नीचे दबे सूती कपड़े पर गई।

"अंदर आ।"

नीलम ने चप्पल उतारी, कपड़ा दीवार के पास रखा, और बैठ गई।

दीया जलाया।

नीलम कपड़े के पास बैठी रही।

लौ पकड़कर स्थिर हुई।

काफ़ी देर बाद नीलम ने नज़र उठाए बिना कहा —

"कल ससुराल में फिर वही मज़ाक चल रहा था — फिर कोशिश करेंगे, फिर तारीख़ देखेंगे। मैं चाय परोसकर बाथरूम में गई और घुटनों के सुन्न होने तक फ़र्श पर बैठी रही।"

उसकी उँगलियाँ कपड़े की किनारी पर कस गईं।

"पूरा हफ़्ता लौ देखती रही। फिर भी एक वाक्य आता है और मैं गायब हो जाती हूँ।"

सिया ने तुरंत जवाब नहीं दिया।

"तो वहीं से शुरू करो," उसने कहा। "जहाँ तुम गायब होती हो, वहीं से।"

नीलम ने नाक से साँस छोड़ी — आधी हँसी, आधा सिसकना।

"आसान होगा कभी?"

सिया ने लौ को देखकर कहा —

"कुछ दिन होगा। कुछ दिन नहीं होगा। पर देखना और सच्चा होता जाएगा।"

बाहर अँधेरा था। पीपल तारों के सामने एक छाया। कहीं कुत्ता गरम पत्थर पर करवट बदल रहा था।

अंदर — लौ, स्थिर।

बाहर, गली में कहीं फ़ोन बजना शुरू हुआ और बजता रहा।

दोनों में से कोई नहीं हिला।

बीज गिरा तो पेड़ उगा — पता न बोया कौन।
दीप जला उजाल हुआ — बैठा देखे मौन॥

लेखक के बारे में

गुरप्रीत सिंह इंजीनियर हैं जो कहानियाँ लिखते हैं — क्योंकि सबसे गहरी सीख सबसे सरल कहानियों में छुपी होती है।

बचपन हरियाणा, भारत में बीता — जहाँ सीखा कि ज्ञान सिर्फ़ किताबों से नहीं आता। वो आता है देखने से, बैठने से, और चुप रहने से।

बीस साल उत्तरी अमेरिका के कई शहरों में तकनीक बनाई — पर एक सवाल पीछा नहीं छोड़ता था: *क्या कोई एक तरीक़ा है जो सब कुछ जोड़ दे?*

आठवीं आँख — *बहुज्ञ विधि* की सहचर कथा।

पहली किताब बाहर देखना सिखाती है। यह अंदर देखना।

www.ingramcontent.com/pod-product-compliance
Lightning Source LLC
LaVergne TN
LVHW100321210926
848480LV00003B/1212
9798903922079